蝴蝶

陳雪

目次

（新版序）

蝴蝶——愛與重生的旅程

一九九四年，我剛出版了《惡女書》，成為一個充滿爭議的新人作家，文壇跟讀者對我都有很多揣測，但很少人知道，那時的我，正在中部的夜市與菜市場裡到處擺地攤賣衣服。

一個什麼都沒有的人，自己摸索著想要寫小說，第一本書出版時，引起了巨大的爭議，對這樣的作家來說，她的第二本書非常重要。能不能繼續寫下去？第二本書要寫些什麼？她會走上什麼樣的寫作之路，一切都是未知數。

《惡女書》銷量滿好，很快就推出了香港版，也有一些學者開始研究我的小說，各方面來說，我都是備受期待的作家，但現實生活裡，我還是個什麼都沒有的人。

我既沒有在文壇活動，我的生活也跟文學、文化、藝術幾乎沒有關係，我的世界裡沒有任何人可以跟我討論小說，對我來說，那時的生活，就像一片沙漠。

我努力想要為自己創造一點文學的成績，就得非常奮力地跟生活搏鬥。

我記得那時，整個文學界我只認識紀大偉，偶而我會打長途電話給他，他會跟我談論小說，會告訴我有什麼好看的書，我那時不善與人討論內心的感受，但他就像一個小小的窗口，讓我在忙碌的生活，以及充滿繁瑣俗務的生活裡，有一個可以眺望的遠方。

我與當時女友C，帶著她的四條沙皮狗，租屋在台中沙鹿一棟透天厝裡的二樓，屋子很簡陋，就是木板隔出一個房間跟大客廳，除了女友隨身攜帶的一個床頭櫃，屋裡什麼家具都沒有，我們把彈簧床墊直接擺在地板上，電視就擺在大賣場買來的三層櫃上面，椅子是夜市買的一張299的藤椅，桌子是從老家搬來，我爸爸高中時買給我的藤製茶几。

當時我都在臥室寫稿，一張朋友報廢的地圖書桌，擺上好友給我的二手電腦，就可以寫作。那時我剛學會打字，幸好有了電腦，讓我可以在每天穿梭於市場，長時間的叫賣生活之餘，只有空出一點時間，就可以寫小說。

每天一小時、兩小時，就那麼一點點時間，我很笨拙地用注音符號慢慢打字，學習使用電腦寫作，是因為電腦方便修改，讓我即使工作繁忙也還可以一天寫一點，慢慢累積。

我但凡跟著誰戀愛，就會融入那個人的生活裡，那時的女友是個浪子，早期做電動玩具水果檯，賺了錢全部花光，缺錢再去賺，身邊只有一輛喜美轎車，以及四條大狗，時常搬家，生活非常浪蕩。

她跟我戀愛之後就想作正經工作，我爸媽給我們一些衣服，讓我們去擺攤，女友從一個浪子變成工作狂，我始料未及，印象中，我們的生活始終就是到處擺攤做生意，忙得不可開交。

我跟C說，這樣忙碌的生活節奏，我沒辦法寫小說，可是她不懂，她只是一直安慰我，等我們存夠錢，就讓你好好寫作。

什麼時候才會存夠錢呢？我不知道，我慢慢地變得不快樂，我不知道怎麼對她表達，她是那麼愛我，所做的一切好像都是為了我好，可是，我說不清楚，為什麼我不想要那樣過生活。我記得我原本的生活，我有一屋子的書，我可以聽音樂，工作之餘我還可以讀書寫作，但跟她在一起之後，那些餘裕就逐漸沒有了。

因為我太會做生意了，因為一起去夜市擺攤，沒有我就是不行。

我內心一直知道自己是一個雙性戀，過去一直都交男朋友，但內心卻始終想要跟女生在一起，C是我的第一個女友，可以跟她在一起，我非常珍惜，但我或許是太努力了，努力到自我都消失了。

我知道這樣不行，出版社跟讀者都在等我的第二本書，我得加緊腳步。

我在擺攤之餘，抓緊每一個空檔，在房間的一角，連檯燈都沒有，非常克難地寫作，我花了幾個月的時間才寫完這篇三萬字左右的短篇小說：〈蝴蝶的記號〉。

三篇短篇小說終於收齊，可以出書了。

這本小小的書，就像沙漠裡開出的一朵花，是用我全部的生命澆灌而出的。

至今我都記得每一篇小說的完成與內容，最早寫的是〈夢遊1994〉，這個短篇虛實交錯，講的是夢境取代真實，侵入了敘述者的世界，當時的我非常沉迷於書寫夢境，這篇小說對於夢境與現實如何相互穿透，有非常細膩的辯證。

第二篇，〈色情天使〉，至今我仍驚訝於自己早期的文字，那麼大膽，詩意，充滿超乎常態的想像力，整篇小說幾乎可以朗讀，那奇特的構句，充滿力量與色彩。這是一個悲傷的愛情故事，最初的畫鋪，有鹿的森林，每個短篇名都像一部電影。當年出版時，很多人跟我討論這個短篇，都覺得它詩意迷離，令人驚豔不已。

第三篇〈蝴蝶的記號〉，這個小說對當時的我來說，文字相對簡樸，但卻是我寫的第一篇貼近寫實的小說。高中老師蝴蝶，在超市遇到一個精靈般的女孩阿葉，她不自覺被阿葉吸引，並且在這個過程裡重新認識自己。她是會愛女人的，她年輕時曾經經歷過一次刻骨銘心的愛，但她一直認為是自己傷害了那個女孩。這篇小說描述人如何從創傷中自我復原，如何帶著傷害的記憶，依然可以勇敢存活，如何勇敢地去追尋內心的呼喚，如何勇敢實踐愛情。

作為一個作家的第二本書，當時我認為自己交出了在當時已經做到最好的作品，如今看來，我還是覺得這本書好美。雖然這樣說好像很不害臊，但是那種大膽生猛，百無禁忌的寫作，我覺得只會出現在什麼都沒有的人身上，沒有包袱，沒有約束，任想像力翻飛，可以到達自己生命經驗無法企及的地方。

二〇〇二年我到台北之後，不久就接到香港導演麥婉欣的信件，她說想將〈蝴蝶的記號〉拍成電影，我思考過後決定授權給她，我選擇不參與電影製作的過程，讓她自由發揮。電影拍成後改名為《蝴蝶》，在台灣跟香港都有上映，首映時我去了香港，因此也認識了劇組的人，那也是我第一次接觸到影視改編，還記得電影第一幕展開，我的感覺好奇妙，好像那是我的書，卻又跟我無關，當時我與劇中兩位主角何超儀與田原並肩而坐，看著自己小說的人物幻化為真，感覺十分震動。

電影拍得很好，我很喜歡。至今我都還記得電影裡的音樂與場景，蝴蝶與阿葉，真真與蝴蝶，那些在澳門拍攝的畫面美得像夢。

導演確實捕捉到我作品早期那種色調，光暈，以及作品裡迷離卻又詩意的美感。

因為電影上映，這本書也在二〇〇五年以《蝴蝶》為書名重新改封上市。因為電影的緣故，書很快就再版，賣掉好幾刷。有一度這本書也成為我最廣為人知的作品。每本書有她自己的命運，我們能做的就是好好完成她，然後放手讓她去飛。

我曾經是個什麼都沒有的人，總是在跟生活搏鬥，試圖在艱難的生活裡，為自己小說找到出路。但所有努力都不會白費，二十年過去，磨難變成了一本又一本的書，累積成我的生命。

許多事都如浮雲，轉眼即逝，但小說一旦被寫下，就存在了，即使曾經消逝，但還是會再回來，再次以不同的方式出現在人們眼前。我這麼相信著，文學，是世間少數不會消失的事。

失去一次的愛，能否再次尋回？小說裡的蝴蝶，尋找著她心愛的女孩，現實裡我也在尋找我失落的戀人，終於，我找到了我的早餐人，小說裡的蝴蝶，也找回了她的翅膀，這個美麗的故事，此時看來依然寫實，許多深櫃裡的人，還看得到自己的身影。

過了二十年，來到二〇二四年，同婚早就通過，我跟阿早也已經結婚多年，同志的議題早也進入到更生活化的方向，《蝴蝶》在這個時候改封再次出版，希望蝴蝶再次飛進讀者心中，引起小小的波動。

願她像一陣風，帶著所有心中有愛的人，乘願而飛，灑下祝福，給所有心有所愛的人。

請跟我一起，翻開《蝴蝶》，走上愛與重生的旅程。

蝴蝶的記號

一開始我就知道，該來的事總是會來的。

我只是沒想到會來得那麼快。

•

阿葉病了，高燒至三十九度，我沒有回家。這是第一次留在她住的地方過夜，寶寶有沒有乖乖睡覺呢？阿明會好好照顧她吧？實在是沒辦法，畢竟阿葉只有自己一個人如果我不照顧她，那她怎麼辦呢？

我煮了粥餵她吃，吃完藥她就睡了，我卻睡不著。已經很久沒有好好睡一覺了，沒錯！自從遇見阿葉開始就失眠了，不，一開始我是很快樂的，但是從跟阿葉做愛之後一切問題都來了。哎！這樣想不是太過分了嗎？明明是罪惡感在作祟啊！畢竟，我是個結了婚有孩子的女人，而且還是個高中老師。

然而，我確實在戀愛了，還是空前絕後地熱戀中。我再一次愛上一個女人。

近三十年來，我一直都過著稱得上平靜幸福的日子，學生時代功課平平，念公立排名第三的高中，上私立大學中文系，畢業後靠家裡的幫忙找到私立高中的教職，二十六歲那年認識學校附近開電腦店的阿明，交往不到一年他向我求婚我就答應了。

看幾個好朋友的生活，不是為情所困就是工作不順利，她們或者眉飛色舞地說著男友如何浪漫溫柔，或者為了昨晚的爭吵心煩氣惱，有的大學至今已有許多次轟轟烈烈的戀愛，有的仍在苦苦尋覓真正理想的對象……我們大概一個月會約出來吃飯喝咖啡，對我而言，她們的對話是我插不上嘴的，我很難想像那些強烈的、矛盾的、令人乍喜乍悲的……愛恨交織的心情，也許我是太沒情調又感覺遲鈍的人吧！認識阿明是因為要幫同事買磁碟片，結果聊起原來他是大我四屆的學長，他說下課後一起吃飯吧，吃完飯他又說順道送妳回家吧，那天聊了很多話我當然是只有聽的份，他向我吐露了極隱私的心事，破碎的家庭、叛逆的青春期、交往五年的女友意外死亡……種種不適合跟第一次見面的人說的話，他說：

「妳有一種令人信任的能力。」

或許這就是我那麼平凡卻吸引了各式各樣的人，差不多都一見面就滔滔不絕迫不及待地告訴我自己的祕密，最主要的原因吧。其實我既不能表示任何意見也不會說什麼安撫人的話，只是靜靜地聆聽那些距離我好遙遠，卻聽來好真實的事，設法去想像那彷彿另一個世界的生活。

阿明是我見過少數不會因痛苦的過去自憐或變得格外自大的人，他的悲傷像是一條細細的河流，自然輕淺地流向遠方，而我恰好一腳跨越了那河，跨進了他的心靈。

我愛他嗎？應該是吧！當初結婚是我自願的，既不是奉父母之命，也沒有奉兒女之命，是帶著愉快的心情答應的。但是，愛對我而言只是一個字眼，我無法準確捕捉其中涵義。如果說喜歡和某個人談話，也願意和他做愛，生活在一起也不感到枯燥乏味，可以稱得上是愛，那我一定是愛他的。我那堪稱是愛情高手的妹妹就曾經很遺憾地對我說：

「唉，妳就是少了一根筋。」

直到生了寶寶，從護士抱著她走進病房那一刻，我才體會到近乎疼痛的喜悅，我看著她紅通通的小臉皺巴巴的五官忍不住想笑，或許這就是愛的魔力吧，那明明像個小猴子似的臉卻越看越像是小天使呢！

那時的我，有自己的公寓，有疼我的丈夫和可愛的寶寶，工作也還算愉快，除了每個月固定的生理痛，幾乎是無可挑剔的生活啊。

我卻無意間遇見了阿葉。

•

星期六中午，下課後我總會到學校附近的大型超市買奶粉、尿布、日用品，然後開車去保姆那兒接寶寶回家。她已經一歲多會走路了，阿明沒有要求我辭掉工作在家帶孩子，反而幫忙找了很可靠的保姆帶到傍晚我下班去接回來。那天，我正在選餅乾，竟發現旁邊有個女孩拆開了好幾包東西迅速地狼吞虎嚥著，我才在擔心她會被發現結果就有店員跑過來斥責她，那女孩並不驚慌，我反而比她更緊張趕緊跟店員解釋：

「對不起，她是我妹妹，那些東西我會付錢。」

她一路幫我拿東西到車上，我本想問她是不是沒錢為什麼偷東西吃呢？她卻大方地說：

「我沒帶一毛錢就被人趕出來，肚子又餓得受不了，剛剛真謝謝妳，妳留個地址電話給我，改天我拿錢去還妳。」

我說不用了下次別這樣做了我可不會剛好在那兒啊，她就笑了。真是個漂亮的女生，大約十八歲吧，穿著質地很好的白色線衫粉藍色短褲高筒靴，及肩的長髮紮著馬尾，怎麼看都不像會在超市偷吃東西，倒像是爸爸是律師或醫生，住在透天別墅，零用錢花不完那種孩子，我拿了一千元給她要她去吃飯，她笑著說：

「妳陪我去吃吧，我知道這附近有家很好吃的日本料理，隔壁還有很棒的咖啡喝。」

就這樣，我竟無法拒絕她，她有種令我好想深入了解的什麼吸引著我，讓我打電話給保姆說有事耽擱了晚一點才去接寶寶……就跟著她走了。

那天我到下午五點才回到家。我頭一次跟阿明撒謊，說跟學校老師去逛街……不知道為什麼要說謊，但我知道一旦開始說謊就會有一連串的謊要說了。一整個下午，我們吃飯喝咖啡，她除了說自己叫阿葉十八歲是個無業遊民，說的都是她養的三隻狗的事，不像其他人會滔滔不絕地說一堆內心的痛苦事，只說跑出來很擔心狗沒飯吃。我卻說了很多話，說寶寶喜歡聽音樂，尤其是大提琴的聲音，阿明總說嬰兒哪能分辨樂器的聲音？可是我知道她聽得懂，阿葉說她相信，她說：

「我三歲就會認字了，我爸爸也不相信，只有媽媽知道，買了好多書回來給我看。國小別人都在學ㄅㄆㄇ我已經會看武俠小說了，覺得上學好無聊就一天到晚蹺課，數學差不多都不會，後來功課就很爛了。」

我說妳沒有什麼特別想做的事嗎？她用很奇怪的表情看著我說：

「為什麼每個人都這麼說呢？小潘也常常這樣說，說我浪費生命，說像我這樣混下去早晚連她也會看不起我……」

我覺得很慚愧，自己怎會如此多管閒事說這種廢話呢？真是職業病。不過倒很想知道小潘是誰，她彷彿看穿了我的心事似地接著說：

「昨天就是和小潘吵架才被趕出來的，沒辦法，誰教我寄人籬下嘛。其實她平常很疼我，就是愛管東管西太囉唆了，妳就不會這樣，妳好溫柔。」

真是奇怪的孩子，我決定收起自己的好奇心，不再問一些蠢問題，她可是什麼問題也沒問，連名字也沒問我。

後來我斷斷續續說了自己的事，說我叫小蝶在附近高中教國文，說班上有兩個女孩跟我很要好，說去年才買了自己的車經常會開車去山上一座廟看朋友，她是我最好的朋友二十三歲那年就出家了改天帶妳去看好嗎？……說完自己都嚇一跳這件事我連阿明都沒說怎麼會告訴她呢？以前老是騙阿明說去廟裡拜拜，想想我對他說的謊還真不少。其實我並不是像外表看來那麼平靜的人，我突然這麼想，當我感受到心情不尋常的波動我便會去洗手，長期下來手變得粗糙乾澀每天睡前都要塗凡士林也沒什麼效果……突然間她握住了我的手我才從恍惚中清醒。

「有時候妳一定覺得很辛苦吧，說出來沒關係啊沒人會怪妳的。」

聽見她這麼一說我竟掉下了眼淚，真是太奇怪了，大約十年沒哭了吧！記得最後一次哭是家裡養的狼狗病死的時候，為什麼現在會不自覺掉下眼淚呢？我可以說自己辛苦嗎？從小身體就很好，長得比姊姊高又比妹妹漂亮，爸爸是銀行經理媽媽是國中老師，大學時同學都要去打工我卻有一萬五的生活費，雖然不是特別會念書聯考卻總是運氣很好，畢業後輕鬆就找到別人羨慕的工作，連丈夫都很溫柔體貼，會賺錢又肯幫忙做家事，唉，簡直就是百年難得一見的幸運人物啊！我可不是多愁善感的人，幾乎每天都會說十次感謝感激的話呢。如果這樣還要抱怨什麼不會被別人亂棒打死嗎？但我還是哭了，她不斷撫摸著我粗糙的手心我就不能遏止地掉下淚來，怎麼會那麼累那麼痛，是什麼東西突然跑出來擾亂我了呢我不是一直處理得很好從來都不需要別人操心嗎？有些事只要一次不小心難過起來以後就沒完沒了我可不能那麼自憐啊。

後來我們就沒有再說什麼了，默默地把剩下的咖啡喝完，默默地走路到我停車的地方，一路上她一直牽著我的手我也沒拒絕。也許她知道不牽著我我可能會跌倒吧，從來沒人想過我也是會跌倒會受傷的人吧，因為一向是我在分擔別人的痛苦悲愁，而我又是那麼幸福得教人羨慕。為什麼一個小女孩會來牽住我的手呢？臨走的時候阿葉親了一下我的額頭說：

「以後想哭就來找我吧只要請我吃飯就可以了，想哭多大聲都可以。」

我望著她漸漸遠去的瘦小的身影，心裡充滿一種難以言喻的溫暖，我看著她攔下一輛紅色跑車，看著她在車輪的煙塵中消失，才想起她根本沒留地址或電話給我。

•

想不到是她先來找我的。

星期三下午的作文課，學生正在寫作文時我抽空看小說，聽見台下有人在耳語，我問有什麼事嗎學生就說老師有人找妳，我轉頭看窗外看見阿葉穿著幾乎只有一小塊布的連身露背短洋裝頭髮亂亂的，像蝴蝶似地對我微笑。我趕緊跑出去問她：

「怎麼找到我的？」

她把一個信封塞進我手裡，兩手握著我大約三十秒然後才放開：

「很想見妳就找得到啊！」

我想我一定臉紅了，這個精靈般的女孩總是輕易地就擾亂了我。她說完話就走了，我握著信封走回教室心裡有些不安，學生們看見不知道會怎麼想呢？搞不懂自己在心虛什麼，只是一個女孩拿封信來給我而已，別人能說什麼呢？那天和她吃完飯回家也是手忙腳亂的，害阿明以為我發生什麼事呢。

我坐在座位上無法再專心看小說，便慢慢拆開信封，拿出裡面一張卡片，我看完裡面的內容忍不住想笑，那裡頭寫著：

小蝶：

我回去阿潘那兒了，本來想還妳錢，後來決定煮一頓大餐請妳吃，星期六中午好嗎？妳可以帶寶寶一起來。對了，妳不是問我想做什麼事嗎？其實我最想做的事有兩件，找一個女孩子和蓋流浪狗收容所。這都是沒必要拿出來跟別人說的，我也不知道什麼時候才做得到？

那天晚上我夢見了妳，如果想知道內容的話，星期六就非來不可了。

有趣的是她在卡片右下角寫了自己的名字，還蓋了三個大小不一的狗腳印，分別寫上Piano、Dancer、Dark，想必是狗的名字。

我將卡片看了又看，一再想起她剛才說話的神情，想起她特別清亮的眼睛，想起她短裙下孩子般細瘦的腿、穿著顏色不一樣的涼鞋、又蹦又跳下樓的樣子，心中就充滿不能抑止的柔情，我心裡知道，我將為她不斷地說謊……不斷地心慌意亂……雖然我仍不知道我將發生什麼事，但我明白，她已經闖進了我的世界。

回顧我和阿明的婚姻生活，我不能說自己不快樂。他上大學就自立更生，兼三個家教，還到電腦行打工，退伍後和同學合夥開了店，經營得有聲有色，他的家世雖不能和我家相比，但爸爸欣賞他的勤奮和經營才能，願意拿資金幫他開自己的店，他也沒教人失望，兩年後不但把店擴大，也還清了爸爸的錢，還付了房子的頭款，買下三十坪的公寓。他雖是個工作狂，但回家後也幫我煮飯、掃地……他說從小媽媽不在都是他做家事習慣了，姊姊好羨慕我，總說如果我不要她一定馬上接手。其實我從沒有任何不滿，只是經常想不通他為何如此愛我，那樣深刻的情感是我無法對他產生的，正因為如此，我便竭盡所能地加倍對他好，那麼努力，努力得自己好累。我想，其實我對很多人都是這種態度吧，我並不習慣去選擇什麼，我接受一切來到我身邊的人事物，盡自己的力量去處理，我並非沒有自己想追求的東西，我卻假裝沒有然後錯過了。一個從小就是好孩子又生長在一個美好的家庭而且總是讓很多人疼愛照顧著的人，是很不願意做什麼來讓愛她的人失望的，我的人生也許要在努力不讓別人失望之中度過了……那彷彿是一種逐漸減弱某種力量的過程，我心裡堆積的都是別人的快樂和悲傷，我努力體會的都是別人的感受和情緒，漸漸地我把我自己取消了。這樣說也許太嚴重了，或許我只是少一根筋而已，但我知道，如果許久以前我決心照著自己的想法而不去顧慮其他人的話，就不會有人稱讚我是最聽話又最懂事的人了……我想，我的生命就好像照著說明書堆起來的玩具積木，雖然堆得又高又漂亮，可是既沒有自己的風格而且輕輕一推就會全部倒塌。唉真是不得了，好像遇見阿葉之後我就開始囉唆了，這可不是好現象，會出狀況的。想到這兒寶寶忽然哭了起來，阿明在叫我了，光會胡思亂想的人是沒資格做媽媽的，寶寶可是我真正在意的人啊。

其實我也曾在意過另一個人，但我卻把她傷得很深。

‧

我一直在期待星期六的來臨，這期間我也曾照著阿葉留的號碼打電話，接電話的是個女人的聲音我想她就是小潘吧！我沒有出聲就掛斷，雖然沒有禮貌，但我實在不知道該說什麼，星期五晚上我就告訴阿明：

「明天可能要和大學同學去吃飯，我會帶寶寶一起去，傍晚才回來。」

阿明最近迷上什麼網路，總在電腦前一坐好幾個小時。他說好好去玩吧，順便買幾件衣服、鞋子，妳也好久沒買自己的東西了……

不知是罪惡感還是感動，我突然好想跟他做愛，生孩子之後就不太願意跟他做愛了，我把手伸進他的胸前撫弄著，心裡感到莫名的哀傷，這麼好的男人為什麼我卻無法真心愛他呢？我只會演好太太的戲而已，一天到晚演戲煩不煩啊……阿明察覺出我的慾望便關上螢幕轉身抱住我，一面吻我一面呢喃著，小蝶最近怪怪的，是不是我太常打電腦忽略妳了真抱歉以後我會改的別難過了好嗎……我聽了好想哭，真是笨蛋，我說了那麼多謊都聽不出來嗎？跟媽媽一樣，小時候每次不想上學就說頭痛，她也相信，我說什麼她都相信，大家就是都太相信我我才會那麼痛苦的，再下去也許我會離開你你知道嗎，真是笨蛋，我都要愛上別人了懂嗎？沒錯，我猜我就要愛上她了，也許我明天不去就沒事了，也許，我真的不該再見她了。

我一走出校門，就看見她拿著一束百合在我的車子旁邊等我，她穿著簡單的白色襯衫牛仔褲顯得很俊秀，一看見我就盈盈地笑著把花遞給我……每次見到她都有完全不同的感覺，她彷彿有一百二十種面貌等我一一發現……她似乎刻意地想讓我印象深刻，而事實上，不再見她對我而言實在太困難了。

我們一起接了寶寶然後到了她住的地方，她住在一幢高級大廈的十二樓，我想起那天在電話裡聽見的聲音，小潘年紀應該不小了吧，至少也跟我差不多，她和阿葉是什麼關係呢？如果是愛人的話我該怎麼辦呢……唉，我胡思亂想這些做什麼，人家只是請我吃頓飯而已，哪有這麼複雜。

進了屋子，狗立刻搖著尾巴來歡迎，她說 Piano 是這隻白色秋田，Dancer 是混血的貴賓，Dark 是樣子很凶其實很膽小的黑色土狗，牠們都是她撿來的，花了很長時間才醫好皮膚病呢！我一一跟狗打了招呼，然後參觀這個布置精美的屋子，她拉著我走到飯廳，果然看見一桌子的菜。

吃飯的時候並沒有看到小潘，我說：

「妳不是說這是小潘家嗎，怎沒看見她？」

阿葉笑著說：

「原來妳一直在擔心這個啊，不怕消化不良嗎？小潘開了家美容院，現在客人正多呢，況且，我有告訴她妳要來吃飯待會還有人會送蛋糕來。我沒說今天是我生日嗎？」

「妳只說要告訴我夢的事，而且我沒帶禮物來。」

我囁嚅著，不知怎地在她面前我總是大方不起來，彷彿我才是小孩子似的。

「我只是想見妳順便過生日罷了，妳一向都這麼嚴肅又容易緊張嗎？來抽一根菸放鬆一下吧！」

說著她真的拿出一包 Mild Seven 出來，點了一根菸給我。上一次抽菸大概是十多年前了，和真真在她住的地方她教我的，我深吸了一口，像當初一樣立刻嗆到。她走上前來輕拍我的背，手心在我背上緩緩滑動。她拿走我的菸，托起我的臉吻了我，我不禁環抱著她的頸子回應她深沉的吻，更貪婪地吸吮著她，為什麼會這樣呢阿葉，我都弄不懂自己了。

時間一分一秒過去，我們只是親吻著，我又哭又笑，她吻乾我的淚自己卻流下淚來，她哭著說：

「第一次看見妳就想吻妳了，又怕妳會生我氣，才想出這麼多鬼點子。好像小丑一樣呢！」

我說，我已經結婚了小孩正在旁邊睡覺，可是我沒有一天不想妳，我從沒有這樣害怕過……

是真的，我在快樂的情緒中感到痛苦，這是我承受不了的事，我是會愛上女人的人，如果我可以處理，真真現在就不會在廟裡當尼姑了。

「不要說了，我不會勉強妳的。只要讓我愛妳就夠了。」阿葉說。她不明白，事情沒有這麼簡單的。我說我們趕快來吃飯吧菜都要涼了，再下去我會失控的。

我話都來不及說完，小潘就像旋風一樣進來了。

「這麼豐盛也不等我回來吃真沒良心，我想妳就是小蝶吧真是個美人啊，我們阿葉最好色了，一看見美女就把可憐的小潘丟在一邊了，她這麼沒良心我還巴巴地給她買蛋糕呢……」

真是旋風一樣的女人，說話連珠炮似地每句話都刺中我的心。阿葉不耐煩地說：

「想吃飯就說一聲，哪來那麼多廢話。」

我想她們確實是戀人沒錯，小潘可不像我這種蠢蛋，我仔細看她，豐滿妖嬈，一身時髦的高級衣著，姣好的五官，像她這樣才算是美女，我趕緊陪笑似地說：

「妳們先坐，我要去餵寶寶。」

「阿葉可沒說妳已經結婚生孩子了，反正她一向喜歡年紀大一點的，小時候缺乏母愛嘛！妳去忙妳的別把孩子餓壞了。」

小潘像找到把柄般趁機又說了一堆話，我可以感覺到她的醋意，我實在不該惹這種麻煩的，讓自己好難堪。

阿葉有些生氣地說：

「放著店不管跑回來囉唆什麼？今天我生日，妳能不能放過我啊？」

「好嘛我走啦，妳可別欺負人家良家婦女。」

小潘討好似地把蛋糕放在桌上，踩著高跟鞋叮叮咚咚地走了。

我想我也該走了。卻說不出話來，今天都做了什麼亂七八糟的，昨晚一直想著該不該來就失眠了，失眠的夜晚不愉快的事都順便想起來了……我邊餵寶寶喝牛奶邊打量阿葉，她正把蛋糕擺好插上蠟燭，開心地端到我面前。

「別想小潘的事了，來唱生日歌吧！」

「可是她很生氣啊！妳怎麼對她那麼凶？」

我說，妳卻對我好溫柔。

「傻瓜，她可不是我女朋友啊！她看見我帶女孩子回來老是要捉弄人，妳別被她唬了。」

她笑得好開心，我也笑了，我說妳真的喜歡年紀像我這麼大的嗎？

「我有說過我喜歡妳嗎？」

她環住我的腰這樣說，我好糗，耳朵都紅了。她吻了我的耳垂接著說：

「別急，我是要說我愛妳。我沒看過快三十歲還那麼害羞的人呢！」

她說她愛我。然後呢？我們會有然後嗎？

我說，是的我愛妳，妳是我第二個愛上的女人，而第一個已經出家了。

「為什麼呢？」

阿葉問我。其實這個問題到現在我還經常問我自己。

不知怎地，我在阿葉面前彷彿成了另一個人，愛哭、膽怯、忽悲忽喜，但心情很放鬆，我任由一個孩子寵愛我，調戲我，或許我從來都沒被當成小孩來對待吧。好奇怪，我就像個沒有年齡的人似的，別人在吃糖玩娃娃時我都在照顧媽媽，沒錯，我永遠不會忘記那時媽媽是多麼依賴我，爸爸那時派到外地工作，媽媽一直疑心他有外遇，成天提心吊膽的……這件事是我和她的祕密，而爸爸確實和一個阿姨在一起，這是我和他之間的祕密，大人實在不該讓才十歲的小孩知道那麼多祕密，這樣小孩是很難度過她快樂的童年的。

•

後來我們吃了蛋糕喝了六瓶啤酒，我還抽了三根菸。為了消除一身的菸味和酒臭，我借了阿葉的衣服洗澡換上，我們一起泡在浴缸時她美麗的身體真的使我意亂情迷，她簡直像瘋了似地想要我，我說不可以我還沒準備好，她說她從沒有這樣被折磨過但她會耐心一直等到我願意。

洗完澡我聽見寶寶在哭，才發現她從沙發上跌了下來，膝蓋擦破了皮，我突然驚覺自己沉溺在愛情的泥淖中忘卻了丈夫和孩子，然而我根本沒有和她談戀愛的資格。

阿葉陪我帶寶寶到醫院，幸好只有膝蓋一點點破皮，沒有撞到頭部或其他地方，醫生用客氣略帶著責備的語氣說：

「年紀這麼小的孩子還是得小心照顧啊！」

唉，回家該怎麼說呢？我怎麼可以讓她一個人在客廳自己卻去洗鴛鴦浴呢？真是昏頭了。

「我不應該這樣的。我該回家了。」

我把阿葉送回家已經快五點了，我解下戴了十多年的玉珮幫她戴上。

「生日快樂，就當作沒見過我吧！好好去找個工作，可以早點存錢蓋流浪狗收容所。」

我這樣說的時候不斷想起我跟真真說，努力念書大學還可以重考不要胡思亂想我不能再跟妳這樣鬼混了……雖然都是真心為她們好的話，卻顯得那麼不負責任。

「我不是像妳這麼容易放棄的人，以後妳就明白了。」

她說。

我不是像妳這麼容易放棄的人。回家的路上我一直思索著她的話。

是的，我已經習慣放棄，放棄對我而言比擁有容易多了。

·

大約兩個月過去她都沒有再出現。

這段時間我當導師的班上發生了不少事，家裡也是一樣。

那天回家後阿明很難得地發了脾氣。首先是他發現了寶寶的傷，接著他又說下午妳同學剛好來店裡才在問妳怎麼好久沒聯絡了，妳不是說跟她們出去嗎？……

「妳不該騙我，而且讓寶寶受了傷。妳可以解釋一下嗎？」

他的語氣很平靜，但我發現那種平靜背後隱藏的是很巨大的憤怒。

「我上山去了，寶寶不小心摔跤，看過醫生了。」

我早知道我將會說一連串的謊言，沒想到我可以毫無罪惡感地輕易說出口。反正我已經不會再見她了，這是我的祕密我必須保有它。

「上山上山，妳每次都說上山，我們家比不上山上的尼姑廟嗎？妳到底在想什麼為什麼都不肯告訴我呢?我好擔心妳知道嗎?」

他吼叫起來，那劇烈的聲響震痛了我的耳膜震出了我的眼淚，我跌坐在地失聲痛哭起來。

不要再說了好嗎你知道我下了多大的決心才回到家裡，我差一點就要和她在一起不回來了啊!我沒有說話。我無話可說，我根本沒有權利說這種話，他發脾氣是很正常的，以往，他都太壓抑自己了。

一整夜，他都沒有再開口，只是坐在電腦前抽菸玩接龍。我哭累了就抱著寶寶上床看雜誌，真是漫長的一夜，明天不用上班，平常星期天是一起去郊外玩的日子，其實他一直很努力想要使我快樂，三年來他無時無刻不在努力維持，他說第一次去妳家我就知道我想要的就是像你們這種幸福美滿的家庭，像妳這樣體會過家庭溫暖的女人才能給我理想中的生活……其實他不明白，很多幸福是用更多難以言喻的痛苦堆積成的假象。而我只是努力維持那個假象的芭比娃娃。

芭比娃娃?真真說，妳不知道那樣做是要付出代價的嗎?

每一次我到廟裡去看真真，看她一如往常那深情脈脈的眼神，就明白代價是她在背負的，木魚青燈也挽救不了她於水火之中。

我還在現實這邊，扮演好女兒好太太好老師好朋友好媽媽，讓所有人滿懷希望充滿羨慕，用滿滿的愛一步一步從我身上踐踏過去。

我睜開眼睛，阿明端著早餐和一束玫瑰花坐在床前，微笑的臉龐猶有倦容，他吻吻我的嘴唇，愉快地說：

「早安公主，該起床囉！」

我知道，他一直是個勇往直前的人。早晨六點鐘，我決定再一次回到我原有的人生。那時我還不知道，原來已經不是原來了。

•

先說說我班上一個叫心眉的學生，一年級教她國文時就注意到她了。在這所校風嚴謹升學率不錯的教會女校，人人都早就在準備聯考，作文也盡量以有助於聯考的方向教學，我其實不是特別有文學素養也沒有什麼教育理想，只是盡本分上課，有時給學生一點方便出些輕鬆有趣的題目，可是她每次都能把我出的題目想辦法寫成充滿愛意的散文、小說，甚至是詩。真是個才華洋溢、冰雪聰明的女孩，早熟而敏感，她的文章都圍繞在一個叫做阿舞的人身上，有時她用他來寫阿舞，有時阿舞是個女孩，她寫及阿舞和一個叫眉的女生時，兩個女孩之間的情意纏綿，連我看了都為之動容，但我知道這樣包庇她早晚會有麻煩只好私下找她出來談。

「老師每次都給妳很好的分數是因為妳真的寫得很好，但不表示我贊成妳這樣寫妳知道吧！」

我看著這相貌不美卻很特殊，眼神彷彿能穿透我的女孩，完全失去老師的氣勢。

「我知道給老師添麻煩了，可是我無法忍住不寫她。」

她露出靦腆的表情，她簡直讓我忍不住想認識那個阿舞。

「或許妳可以試著寫信給她，然後規矩地寫作文。」

我說起規矩兩字時好像沒什麼信心似的。而且我還教她寫情書，被別人知道我會以鼓勵戀愛的罪名被炒魷魚吧！

「我寫過了，她都沒有表示啊，妳不知道，她很難親近的。」

她說這句話時幾乎要哭出來，我或許是太心疼了竟隨口就說：

「老師認識她嗎？也許可以幫點忙。」

她像找到救星似地拉著我的手說：

「認識認識，她是妳導師班的班長。我還聽說她很喜歡老師呢！」

班長？這下我終於能體會她的心情了，班長名叫武皓，她算是我班上最吸引我的學生，長得很美，性格爽朗，一直幫我照顧班上同學，常常跑來辦公室找我聊天……如果我是心眉我也會愛上她吧？

「妳們認識嗎？要不要我介紹一下？」

我知道以老師的身分說這種話不太恰當，但老師也是人，更何況我念高中時也經歷過這種事，當年真真也寫了許多動人的信給我，我還給她織過一條圍巾呢！

「我們都是合唱團的，好多人喜歡她，而我只是個不漂亮又功課不好的普通女生，她從來都沒注意過我。」

心眉說話的聲音很柔美，每字每句都讓我憐惜。

「傻孩子，妳很美的，等她認識妳就會明白了。」

我不自覺握住她的手，她讓我想起年輕時的真真。

那是一年多前的事。後來，我真的找了個理由，請班上學生到家裡包水餃，也找了心眉和她班上幾個學生來。上二年級重新分班，沒想到她們倆都到了我班上，開學後一個月左右，我便發現她們經常一起出現，去年十月我生日時她們寫了一張卡片來，署名是阿舞和眉，我知道她們戀愛了。

六年的教書生活中，我見過許多學生戀愛，私底下也常聽見她們說誰是風雲人物，誰最討人喜歡，我一直認為那是很美好純真的情感……有時放學後武皓和心眉會找我聊天，告訴我許多她們的事，越是了解她們越忍不住關心她們……後來出事的時候我幾乎無法置信。

我記得很清楚，那是阿葉生日過後第三個星期六，一早來學校看見武皓和心眉的位置都是空的。我打電話去家裡問，心眉的媽媽說一早兩個都去上學了，我才知道武皓住在心眉家許多天了。下課時兩個學生來找我，說有事要私下跟我說。

「老師，武皓離家出走到林心眉家住。」

當風紀的學生說。

「她們兩個怪怪的，好像是同性戀。」

她語氣曖昧地說。我當然知道，可是聽見同性戀三個字還是心頭一陣涼，通常這三個字出現時就表示快有不好的事發生了。

「同學們要好一點也沒什麼，不要亂用名詞，妳們兩個不也很要好嗎？」

我說。來找我的是班上的學藝和風紀，我記得一年級學藝跟武皓也走得很近，她們好像是鄰居。

「可是我看過她們親來親去，真的，我親眼看見的，就在學校假山後面，其他同學也看見了。武皓她爸爸也說是林心眉把她帶壞的，武皓本來功課很好，後來都去林心眉她家幫忙做加工功課才壞的。」

不知為什麼，學藝說這些話時讓我感到不安，她或許說了很多不該說的話吧，哎，這兩個孩子真是太粗心了，也怪我沒多注意她們。武皓家世很好，爸爸是退休的校長，她的哥哥姊姊都是留美的，父母對她要求自然也比較高。心眉家開麵攤，經濟狀況不好，她晚上都得幫忙做加工洗碗，假日都在端麵，她的數學不好功課跟不上同學都是武皓在教她。無論如何，在學校親熱總是太大膽了，我真擔心她們會出事，說來這事我也有責任，畢竟，我不但沒阻止還鼓勵實在是太欠缺考慮了，況且，我自己都無法處理這種事，二十歲時不能，現在三十歲了也不能，更何況她們呢！

那時候，阿葉在哪兒呢？我突然擔心起來，她不也是我學生這個年紀嗎？下午我分別到了她們兩家。武皓的媽媽說前幾天武皓和爸爸吵架挨了一頓打，她說：

「我們都在納悶她怎麼常常去圖書館念書功課還會退步？問她也不說，是問隔壁曉葳才知道，竟然去同學家做塑膠花，老師妳說怎麼不讓人生氣嘛？在家連碗都捨不得讓她洗，她卻去人家那兒做得手都長水泡，妳們是好學校，學生素質應該要顧，那種壞學生要淘汰嘛，怎麼把人家小孩拐得離家出走呢？……還被傳染什麼同性戀，老師都不管的嗎？」

我看著武太太越說越有氣的樣子心裡感到悲傷，雖說天下父母心，可是並不是晚上還要做塑膠花的孩子就是壞學生啊，這世界是怎麼了？

臨走前武先生一直大聲罵著，說學校管教不好，說他要把武皓送去美國跟她哥哥一起住……我真不知道事情會變成怎樣？

我又到了心眉家。以前心眉帶我去吃過麵，後來我有空也會去看她媽媽，一個女人家帶大三個孩子真是不容易，供心眉念私立學校更是勉強，難怪武皓會看不過去拚了命要幫忙。我到的時候林媽媽正在哭。

「老師對不起，我不知道她們沒上學啦！早上小武她爸媽來罵得很難聽，我們小眉不是壞孩子，是家裡窮才叫她幫忙，平常小武來我也都有叫她早點回去，她們在這裡都有念書念到很晚，那天小武被她爸爸打得都流血，我才想說讓她住幾天，每天早上我都有叫她們去上學，真的啦！……」

我禁不住就跟著哭了。一種不好的預感讓我膽顫。

「我昨天在跟小眉商量，說大學可能不能讀了，老師，我有糖尿病，其他兩個孩子才念國中，實在是沒辦法啦，妳沒看她們哭的樣子，我的心肝像刀子在割。」

林媽媽說著說眼淚就掉個不停。

「沒事啦，我會去想辦法找，妳放心，一定是心情不好出去走走，我勸勸她們就沒事了。」

我努力安慰她，也像在安慰自己似的。

我開了車子發瘋般地去找，學校附近的泡沫紅茶店、書店、公園、咖啡店……其實我知道她們不會去那些地方，還是找了。她們究竟去哪兒了？我根本沒有概念。我越找越不安，越找越恐懼。到了十點我才放棄回家。

晚上十一點，她們竟來到我家門口敲門。

「怎麼不去上學也沒跟老師說一聲。爸媽都急壞了。」

我領她們進門，泡了熱茶給她們喝。心裡又高興又生氣。

「老師，我不要和小眉分開。」

武皓緊抱著心眉哽咽著說。其實感情是沒有對錯的，問題是她們都太小了，連自立的能力都還沒有，再鬧下去恐怕連書都念不成。

「乖乖回家去，沒有事的。好好念書將來才可以長久在一起啊。」

我說這話時感覺自己在說謊，我身為她們的老師，卻不知道應該說什麼才對，我怎能鼓勵她們去走一條我明知道會很坎坷的路呢？但我又要怎麼違背良心說妳們不要在一起了這樣不好。

「老師妳不知道，我爸爸要把我送去美國念書了，他還說如果我再去小眉家他要讓小眉書都念不成。我爸爸是說到做到的人。」

「而且同學說得好難聽，大家都指指點點的，其實很多人這樣啊都沒有事，都是小武以前同學在傳，她自認為被拋棄是妒忌才亂說的。」

「老師我們不能再回家了，回家我會被關起來打一頓的，我怕我爸爸真的把我送出去那怎麼辦？」

「老師妳要救救我們。」

「老師妳借我們一點錢讓我們逃走，以後我賺了錢會加倍還妳……」

……

她們像驚慌失措的小動物，妳一言我一語，拚命向我求救。

我該怎麼辦呢？不是錢的問題，兩個小女孩在外面我怎麼能放心呢？我也不能把她們藏在這裡讓父母在家裡擔心啊，哎，只能勸她們回家，等父母氣消也許就沒事了。

「今天晚上在老師家住，明天我陪妳們回家，我幫妳們求情，不讓妳們被分開好不好？不過妳們要答應我努力讀書，還有，在學校要當心點別讓人有理由說妳們壞話，許多事要慢慢來，心急任性只會害了自己……」

我已經盡力了。真是說教的話，武家的人怎麼看都不像那麼好講話的人，而且學校那邊或許也知道了，搞不好連我也會有麻煩呢。我不禁想到，如果我真的不顧一切和阿葉在一起，到時候一定更慘吧，工作也保不住了。哎，真是的，怎麼又想起她呢。不是說好要把她忘記嗎？

比起她們我是比較懂事還是太懦弱了呢？但不顧一切勇敢爭取的下場又是什麼呢？當年真真的事會再重演嗎？為什麼我那時不阻止反而還鼓

勵人家呢，代價都不是我在背負的啊！

我沒有損失什麼，真的嗎？我失去的可是一輩子都找不回來的東西。

我正為了明天怎麼跟家長交代又怎麼幫她們求情而輾轉反側，阿明忍不住說話了：

「小蝶，妳這樣處理就不對了。學生都在鬧同性戀離家出走了，妳還留她們在家住，也不打電話給家長，妳這樣做老師怎麼可以？」

「你不知道活生生被拆散是什麼感覺。」

我脫口而出。一說出口我就後悔了，他當然明白，他未婚妻可是出車禍死的啊，所以他才小心翼翼地保護我照顧我，生怕我又會離他而去。我這樣說太殘忍了。或許是我自己太敏感了，一聽見什麼批評同性戀的字眼就跳起來，真是昏頭了。當初和真真可是我自己拆散的，現在遇見阿葉也是我說不要的，怪誰呢？

沒想到第二天起床，武皓和心眉已經走了。

兩個星期之後她們在武皓外婆家被找到，武皓辦了休學被送到美國，第三天晚上就自殺了。心眉精神失常關在家裡的倉庫。

我大病了一場。每天晚上都從噩夢中驚醒，夢中心眉不斷地說：

「老師救我老師救我……」

而武皓割開的手腕一直噴出鮮紅的血來濺了我滿身……

為什麼變成這種結局？

我請了五天假。恢復上課那天中午，接到了阿葉的電話。

發生了這樣的事，整個學校都瀰漫著詭異的氣氛，阿明不敢讓我看報紙電視，學校家長電視記者全部擋掉，都說是受了太大的刺激不能再接受訪問調查。回到學校發現座位換過了，收走她們兩個的桌椅，彷彿她們不曾存在似的。我勉強上了一堂國文，卻不知道自己在說些什麼？我想，我不能再回到這個地方了。我會崩潰的。

然後阿葉來了電話。

「武皓死了。」

我一聽見她的聲音就哭了。我告訴阿葉武皓死了，是真的，心眉還不知道，她不會知道了，她連我都不認得，只會叫著小武小武，披頭散髮滿地打滾……

「我都知道妳別說了，妳收拾東西到外面來，我去接妳。他們會整死妳的。不要待在那兒，跟我走吧。」

阿葉說，他們會整死妳的。是嗎？是誰整死武皓又把心眉逼瘋了呢？是我嗎？不是啊！我不知道會這樣的。我應該把她們藏在家裡好好照顧的，對啊，我應該把存摺給她們裡面有好多錢可以去住旅館。我還可以帶她們去住我們山上的度假別墅那兒很隱密沒有人會發現……我為什麼沒有幫忙還說要送她們回家呢？為什麼害她們走投無路被抓回去了呢？都是我，都是我。

「妳醒一醒好不好？妳看看我，我是阿葉，是我啊。」

有人不斷搖晃著我，我看不清楚是誰。啪一聲，誰打了我一巴掌？是阿葉。真的是她。我恢復神智努力看清四周。

我坐在自己的車子裡，阿葉開的車，我到哪兒了？我好累好累。阿葉緊緊抱著我，拚命吻著我被打過還痛著的臉頰

「我不是故意打妳的。妳從出校門就自言自語，也沒注意到我，我嚇壞了。妳怎麼瘦了一圈，變得那麼憔悴？」

為什麼呢？我沒辦法思考，腦子裡一片空白，一用力就痛得快要裂開。

「我想睡覺。我想跟妳一起睡覺。」

我說，阿葉我好想妳。

阿葉開車到了一幢舊公寓，我們走樓梯上五樓，她說她從小潘那兒搬走自己租房子住在這兒，這是頂樓加蓋的鐵皮屋前面有好大的陽台可以養很多狗。她說現在在西餐廳彈鋼琴唱歌賺錢，很努力工作存錢要讓我看見她的改變。

「我一天趕三場，一個小時七百塊呢！」

她說。她領我走進大約十坪用空心磚堆作矮牆隔成一房一廳布置得很雅緻的房子。客廳只有簡單的桌椅和一架舊鋼琴，空心磚上擺了十四吋電視以及收音機。臥房除了床和書桌，還有一張嬰兒床。

「我一邊布置一邊想像妳住在這裡的樣子。家具都是撿來的，只有嬰兒床是新買的。

「我希望妳看到我一手建造的城堡。」

她牽著我坐在床上。

「我都不知道妳做了那麼多事，還會唱歌彈琴。」

我撫摸她好柔軟的頭髮，其實我對她根本一無所知卻已經愛上她了。

「妳不知道的事還很多，我其實是二十三歲不是十八歲，已經唱了三年歌是認識小潘之後才停止的……其他的以後慢慢再告訴妳。妳先告訴我發生什麼事了，報紙上寫得亂七八糟，都沒提到妳啊，妳怎麼搞成這樣？」

阿葉說話的時候雙手不停在我身上摸索讓我好昏亂。

「我總是愛上女孩子但我從來不能這麼做。我這一生都在做違背自己的事。我好羨慕武皓和心眉她們能勇敢地相愛，我想幫助她們結果是害了她們。我好害怕，我覺得自己再也無法回去原來的世界做個讓人放心的好人了，可是我把事情做了一半放在那兒，如果我就這樣逃走會傷害很多人的。」

事實就是如此，我才會把自己訓練成什麼都似乎感覺不到的人。當她們說愛我時我就說對不起我無法體會，當我愛上她們時我就告訴自己一定是錯覺不要胡思亂想了。但是武皓死了，真真還在廟裡，心眉已經精神失常了，我該怎麼做呢？我會連阿葉都失去嗎？我不要再失去我愛的人了。

「那不是妳的責任妳懂嗎？為什麼要把每件事都往自己身上攬呢？每個人都要為自己的選擇負責任，每個人都要背負自己的命運啊！妳已經盡力了，已經夠了。沒有人會怪妳的。」

阿葉很生氣地說著，說完就開始脫我的衣服。

「我可不管那麼多，我想跟妳做愛，妳可以說不要，但就是不要說什麼還沒準備好還要考慮一下，在我面前妳只要做想做的事就好，沒有人會笑妳，也沒有誰會評估妳表現得夠不夠完美，我可不想把生命浪費在無聊的猜謎遊戲上。」

她跟我真是截然不同的兩種人，她擁有的力量是我無法達到的，我總是先考慮這樣做會有什麼後果，會給別人什麼影響，等我每個層面都考慮完之後，差不多沒有什麼事可以放心去做了。

「我要跟妳做愛。」

是的我想要跟她做愛，對她的愛慾如潮水洶湧在我體內已有多時，我在夜裡因渴望她而醒來，一次又一次洗手沖澡仍無法平復那種波動，我甚至試著更頻繁地親近阿明企圖挽救自己的失控，說服自己一定要信守婚姻的承諾，我好努力教書，認真做家事，抱著可愛的小孩告訴自己不能自私地毀掉原可以幸福快樂的家庭，直到武皓和心眉出了事。我像被狠狠甩了一耳光，那原跟我可以不相干的事卻深深打擊了我，我眼見如此的悲劇卻反而加強了內心對阿葉的情感，它將我用力推向某個特屬於我的世界，我是只會愛女人的，我不只一次感受到這樣的呼喚，過去我都抗拒逃脫掉，然而我遇見了阿葉，一個仍像孩子卻如此使我著迷的女人，我曾逃離她而她還是及時出現了，她確實在我眼前。我抓住她的手不讓她繼續脫我的衣服，反而動手撕開她的襯衫，我聽見唰一聲，那種破裂的聲音竟使我好亢奮。沒錯，我也是會亢奮的人，一旦亢奮起來可管不了什麼修養氣質了……

「妳不知道妳粗野的模樣有多美？」

她像貓咪似地用爪子撕扯我的身體，伸出舌頭刷洗我的肌膚……她發出動物般的呻吟，嘴裡呢喃著淫穢的私語，她不斷地說我好愛妳瘋狂的時候，妳的血液裡流動的是比誰都狂放的熱情，只是從沒有人能將妳釋放……

我被自己的舉動嚇壞，但我真喜歡這時的自己，我隨意地將身體張開，擺動，任性地說我想要什麼希望她怎樣使我快樂，貪婪放肆地享受她的美麗、她的隱私，竭盡所能地取悅她，看著她意亂情迷的表情像得到莫大的獎賞。這就是做愛了吧，在心愛的人面前是不需要害羞的，我從來缺乏的就是這麼放心大膽地表現自己的情緒和慾望，我一直小心翼翼戰戰兢兢深恐自己傷害別人、影響別人，甚至連做愛時都要考慮自己表現得夠不夠溫柔體貼。以前和阿明做愛，一會擔心保險套破掉，一會心疼他明天上班沒精神，不是想到會弄髒床單，就是害怕自己姿勢難看、叫聲不好聽……簡直就是在做秀不是做愛嘛！阿明還說他就喜歡我這種氣質優雅、性情沉靜的女人，可是我不喜歡做這種人，我已經厭倦了。

就算只有一次也好，我要讓自己再次熊熊燃燒。

•

「我知道妳害怕，但，該回去面對現實了。」

阿葉說。難道她從沒有想逃避的時候嗎？她從不擔心我面對現實之後會選擇放棄她嗎？

「反正我會一直在這裡等啊，既不會自殺，也不會突然去出家。」

「妳只想當我的情人和我偷情嗎？」

我聽完她的話好納悶地問。

「我只是比別人有耐性，而且不想逼妳做衝動的決定罷了。我也是抱著希望才能撐下去的，沒看見我拚命工作，還買了嬰兒床嗎？我可不只是想跟妳睡覺吃飯喝咖啡，每個人做不同的打算付出不同的代價，我的狀況比妳簡單多了，還有多餘的力氣給妳信心。」

她說。我發現自己越了解她越清楚我對她的情感，不只是她的美麗與青春，而是她原始清澈的生命力感動了我，讓我重新審視我的生命。

做了一次無與倫比的愛之後，我仍要乖乖回家，戴起我賢妻良母牌的大帽子，夜裡心虛得睡不著。我確實激烈地燃燒過了，可是那殘餘的灰燼卻無處可去，我仍站在原地，所有的事物都有新的詮釋，但我還沒找到自己的語言。人是不會突然大徹大悟的，尤其是我這種習慣背負責任的人。

「我要離婚。」

真希望這句話是我說的，可惜說話的人是我媽媽。是我那年近六十，有高血壓，而且終其一生都把減肥和追查爸爸有沒有外遇當成生活重心的媽媽。

從阿葉的住處回到家是晚上七點，保姆說寶寶阿明三點就接走了，我正盤算著回家少不了一頓責備要怎麼辦呢？一開門，沒想到我們全家人都來了。爸爸、媽媽、姊姊、姊夫、妹妹、連她新交往的日本男朋友也來了。沒這麼嚴重吧，我只不過是蹺班又忘了去接小孩回家罷了，需要動員全家人來嗎阿明未免也太小題大作了……後來問清楚才知道今天審判大會的主角不是我是我媽媽。

「小蝶妳勸勸妳媽吧，她最聽妳的話，叫她冷靜一點，這把年紀還鬧離婚不好看。」

爸爸說。真不知道家裡近來是出了什麼事，我那一向堪稱是模範夫妻，退休後總是和朋友打網球、唱KTV、出國旅行，生活過得好愜意的父母，也會鬧離婚。從前年輕時爸爸確實惹過幾次外遇，媽媽卻從沒鬧開過，兩個人時常吵架也是一會就好，媽媽是出了名的好脾氣，爸爸年紀漸大火爆固執的性格似乎也收斂多了……但我看見媽媽態度堅決的樣子，忍不住想了解她要離婚的理由。

「爸爸你別急，先聽聽媽媽怎麼說嘛。」

我勸爸爸，這時姊姊突然和姊夫七嘴八舌說起來：

「還不是吵架嘛，夫妻誰不吵架，我們家可不能讓人看笑話。」

「是啊，媽媽一向最愛面子，爸爸你哄哄她就沒事了……」

「我還哄她，我還不夠丟臉嗎？」

爸爸忽然大叫，他說妳媽媽什麼年紀了還在外面鬼混你們知道嗎，我都不想說她了她還要離婚。

「我不要你哄我，我只要離婚。」

媽媽終於開口說話。她語氣冷冷地，真不像她平日的樣子。或許我們母女都是冰山型的人吧，冷靜理智的表面下暗藏的是深不可測的祕密。媽媽的祕密是什麼呢？她該不會也是同性戀吧。那可就精采了。

「我和別人戀愛了，我要離開這裡。」

媽媽說。這時妹妹尖叫了一聲，姊姊一直說搞什麼嘛媽媽妳發神經啊，你們是怎麼回事，亂七八糟的……

「妳在孩子面前說這種話不會害臊嗎？」

爸爸有點虛弱地說。

「你以前當著小蝶的面跟女人亂搞你不會害臊嗎？」

媽媽冰冷地回應他。我沒想到從前的事其實她心裡很清楚，而且一直放在心上，我想今天可能是翻舊帳的日子了，阿明和姊姊妹妹都會大吃一驚發現許多他們想像不到的事吧。

爸爸媽媽開始互相揭瘡疤，爸爸訴說媽媽從前怎樣四處查勤弄得他不能好好工作，謠言四起害他丟臉，說她身體不好還不是他在照顧，家事也做不好，菜燒得好難吃幾十年都不會進步……媽媽說他怎樣搞女人故意留在台北說是工作需要，回來這裡也沒有收斂，還讓一個女人騙了一千多萬也是她拿錢出來處理的……

原來我知道的也只有一部分，哎，真是聽不下去了，幾十年的夫妻怎麼像仇人一樣呢？我不禁想起從前的事，有一次媽媽帶我坐火車到台北，說要找爸爸，我們在銀行門口等，親眼看見他拉著女職員的手樣子好親熱……媽媽沒說什麼，帶我去吃冰淇淋，冰水都融化滴到她衣服上也不知道，我記得那是一件她很喜歡的天藍色襯衫，胸口的地方濕了幾滴像是眼淚……後來她跟爸爸說要我轉到台北學校念書，說我現在功課都退步她自己管不了。我有一年的時間留在台北，時常一個人在爸爸宿舍看電視，他回來就買玩具故事書給我，我知道爸爸確實交女朋友了，其中一個阿姨還來過他們在房間發出好吵鬧的聲音……媽媽每次問我我都說爸爸和同事去打網球……那是很難熬的一年，我不懂為什麼他們要互相欺瞞卻要我當中間人……我一直都是這樣，我不想傷害他們任何一個，但他們忘了其實我還是小孩我也會受傷。

媽媽一定承受了很多痛苦吧，我國中時她有一次開車帶我去海邊，她問我願不願意跟她一起去死，那時風好大，我心裡很害怕，她拉著我的手一直走到海裡，我們的衣服都濕了，水淹到我的肚子我好難受，我們站在海裡過了很久，她突然放聲大哭，哭完就往回走，我跌了一跤吃進了水，她似乎也沒發現……回家的路上她買了新衣服讓我換，她自己也換很漂亮的洋裝。沒有人知道我們差一點就死了。那天晚上我們全家去吃牛排，就像沒發生過任何事一樣。我心裡明白，我是媽媽唯一的依靠。不管我願不願意，事實就是這樣。

「世界也有美好的時候。」

我想起阿葉常說的話。沒錯，我是該打起精神不再沉溺於痛苦的往事之中，他們要爭吵要離婚都沒關係，總比過去這樣粉飾太平裝作甜蜜美滿而把人逼瘋來得好，大家都把心裡的不滿怨恨一股腦說個痛快吧，日子還是過得下去，不是嗎？

吵吵鬧鬧之後是長長的靜默，傷人、勸慰、埋怨、指責的話都說完，大家就一個一個走了。我終於不必再當和事佬而讓他們去面對自己的問題，我早就該這樣做了。

「真教人失望。我還以為妳家是最美滿和諧的，沒想到問題比誰都複雜。妳竟然隱瞞了那麼多事，虧妳忍得住。妳沒有瞞著我什麼吧？」

阿明很感嘆地說。我沒有回答，現在不是說實話的好時刻，我實在太累了。

「以後你慢慢就會明白，幸福並不是像你想的那麼容易。」

我說。我們都該覺悟了。

•

第二天我回到學校，收到了匿名信，上面寫著：

上梁不正下梁歪。為人師表請好自為之。

我並沒有生氣或害怕，也許有人發現我和阿葉的事吧，沒辦法，接下來還會有更多事要接踵而至呢！如果不是真的很喜歡教書，我應該要辭職離開這個地方，但是我和班上學生處得很好，也有了感情，不能說走就走。

午休的時候我到阿葉唱歌的餐廳看她。她在台上，穿著白色連身洋裝，頸子戴著我的玉珮，長長的頭髮梳成辮子垂在一旁，臉上化著淡淡的妝，一種素淨深刻的美散發出來，她一面熟練地彈琴一面輕柔地唱歌，我真是為她神魂顛倒，她就是我認識的那個頑皮古怪的孩子嗎？她究竟有多少我不明白的面貌呢？

我吃完飯就走了，寫了字條請服務生交給她，我寫著：

妳今天好美，再看下去就沒辦法回去上課了。晚上打電話給妳。

沒想到，我會寫出這樣的句子，我確實逐漸改變了。這真是奇妙的改變。我想起媽媽說她和別人戀愛了，那是個什麼樣的人呢？竟會讓媽媽想要離婚，或許不是那個人出現才改變了媽媽，而是一個盡全力想擁有丈夫的心卻一再失望受傷的女人終於決定為自己做某件事，在兒女都長大成家之後，才有勇氣走出去看看她所不知道的世界。她有權利這麼做。

我自己呢？我還在猶豫什麼呢？

「我們離婚吧。」

我對著浴室的鏡子練習說話。好像不是我自己的聲音似的，再練一次試試，還是不行，怎麼聽來那麼不確定，彷彿只要別人說一聲，妳說什麼大聲一點我沒聽見，我就會說沒有什麼我在自言自語別理我。哎，找不到理由啊，阿明從來沒有外遇，晚上六點把店交給工讀生就趕回家幫我煮菜照顧小孩，睡覺不會打呼，而且一定要抱著我聊天才睡得著，喜歡待在家裡很少出去應酬，我懷孕後他就戒菸，每天早上六點準時去晨跑……他一定作夢也想不到我會說要跟他離婚吧，我自己也沒想到啊！我就是外遇了，對象還是個女人。外遇？這兩個字多麼奇怪，像是電視連續劇的內容，不適合形容我和阿葉的狀況。

晚上八點鐘，剛吃完飯阿明又坐在電腦前玩接龍。回想這些年的相處，我們一直生活在不同的世界吧，他是個不折不扣踏實認真上進的人，為了脫離過去種種難堪痛苦的記憶付出了所有的努力，半工半讀念完大學，兼好幾份工作存錢開店，交往過兩個女人一個訂婚卻意外死亡，另一個好不容易結婚生子卻是個同性戀。哎，這是多麼不公平的事啊，我明知道他渴望得到一個平靜美滿的婚姻，明知道家庭破碎給過他痛苦的記憶，我怎麼忍心再一次打擊他呢？如果我真的不愛他為什麼還要嫁給他？我真的不愛他嗎？我竟是這種虛偽自私的人嗎？我好困惑……

我到底在追求什麼？我想要什麼？活了三十年，我做對過什麼呢？

我抱著寶寶在書房聽音樂，是聽過三百次以上的《郭德堡變奏曲》，每次聽這個曲子似乎在我和寶寶之間就能產生一種奇妙的共鳴，她一向是個過於安靜的小孩，然而隨著鋼琴聲的流動她會咿咿呀呀地哼著，表情顯得那麼懂事，我時常會擔心她長大將會是個和我一樣過於壓抑自己的人。我不該讓小嬰兒有著年老的靈魂，阿明懂得怎樣讓孩子平凡快樂地成長，他會買適合她年紀的玩具和兒歌，會唸可愛的童話給她聽，我卻把不能告人的痛苦憂傷傾倒給她，讓一個天真純潔的心靈過早染上了悲傷……就像當年我父母對我做的那樣，我在複製另一個注定會不自由的孩子……我憑什麼這樣做呢？

「我知道妳有心事，好久了，我很擔心。」

阿明不知什麼時候走到我身後，抱著我溫柔地說。

「其實妳都認為我不了解妳是吧！」

他把寶寶抱到嬰兒床上，自己坐在另一張椅子上。他說，我不只是會賺錢和打電腦而已妳知道嗎？

「我發生了一些事，不知道怎麼告訴你。」

我說，太多太多了，我把屬於自己的部分都關閉，我從沒有給他機會來了解。如今那個部分已經被別人開啟，來不及了。

「已經發生的就讓它過去吧，妳只要回頭就好，妳願意回頭嗎？」

他深吸一口氣緩緩吐出，然後微笑著說。

「我不能再像從前那樣了，沒辦法了你懂嗎？你為什麼可以裝作什麼都沒發生，我已經改變了你看不出來嗎？」

我禁不住叫了出來。他的包容和逃避總是會刺傷我，那比打我罵我還令我痛苦。

他拉住我的手使勁搖晃。他說那是因為我愛妳我有多愛妳妳知道嗎？

「那麼多年了，我一直期待妳也能同樣地愛我，我只要求這個。我時常在半夜醒來，看著妳熟睡的臉，妳是那麼美，那麼神祕，我捨不得閉上眼睛，只要能這樣看著妳我就覺得好幸福，我願意做任何事讓妳快樂，但我不知道怎樣讓妳快樂，我試過千百種方法，我發誓，我每一分鐘都在思索妳的想法，但是我想不清楚，妳就這樣把自己關著，好多次讓我看著妳睡著時還流著眼淚，我也跟著哭起來……」

他哭了，他一邊說話一邊哭著，我第一次看見他哭，我到底做了什麼？我在睡夢中流淚了嗎我怎麼都不知道呢？我不是一直很幸福很快樂嗎我從來都沒有任何不滿任何抱怨啊！是什麼一點一點啃噬著我的心把我弄糊塗了？我終於也要走到自己都不能控制的地方了嗎？我不要啊！

為什麼我和阿葉在一起時是那麼快樂那麼輕鬆呢？只因為她是女人嗎？不是的，當初和真真在一起也沒有那麼快樂，甚至是充滿恐懼、擔憂的，我總是害怕會傷害別人，害怕自己令人失望，太多的愛使我窒息，而在阿葉的目光中沒有那些巨大沉重的期望和關愛，她在沒有我的地方好好活著，她在我面前神采飛揚，她對我沒有期待反而使我飛奔向她……

「沒有用的，你早就知道不是嗎？我根本不能給你你想要的那種人生。」

我說。我眼中的真實和他是不一樣的。不是高收入、漂亮的房子車子、乖巧的小孩、星期天三個人穿著一樣的衣服在美術館前草坪上散步放風箏，讓路過的人都好羨慕，那種人生。他從小生活在父母不斷地爭吵，酒鬼又暴力的父親、身上總是帶著傷最後帶著傷逃走的母親，貧窮、恥辱、嘲笑、打罵、恐懼……之中，他盡一切努力要爭取一個他夢想中的家庭，卻不知道，我就是從那種家庭長大的，那種為了維持外人眼中的和諧美好而付出的代價完全扭曲了我的人生。我不要再來一次。

「妳愛上別人了，對不對？」

他突然把桌上的東西統統推到地上發出好大的聲響，寶寶嚇醒大哭起來。我說別那麼大聲你嚇壞寶寶了，他又大叫起來：

「妳還會在意寶寶嗎？這個家還有妳在乎的東西嗎？」

怎麼沒有呢？這就是我沒有一走了之的原因啊。我在乎的，在乎他在乎寶寶，在乎這許多年來的情感，我不是沒有感情的人，我不是沒有看見他的努力付出，我都明白，就是太明白了。

「我愛上一個女孩子了。」

我說。你不會了解的。這是根生於我體內的本能，我只是不想再欺騙自己。

「原來如此。我知道，就是妳常去山上看的那個女人，我查過了，沒關係，是妳高中同學嘛！前幾天我找過她聊天，她知道妳現在很好還說祝福妳呢！好朋友交往也不用瞞著我，我知道妳以前會跟女孩子鬧感情，大學也出過事，我都知道的，反正妳已經好了，都跟我結婚生孩子，妳不會有問題了……」

他像得到救星似地，鬆了一口氣說。

為什麼去調查我呢？為什麼連真真都要打擾呢？

「我沒有好，我就是同性戀沒有改變過，你不應該調查我的隱私，更不該打擾我的朋友。我愛上的人不是她，是另一個女人。」

我或許是氣壞了竟脫口說出這樣的話。他沒有惡意，只是關心我，自以為這樣就能了解我罷了，但我還是受了傷害，他一提起真真就刺痛了我。

「妳為什麼故意這樣說呢？我去找真真也是為妳好啊，妳從前的日記裡寫得好自責，妳認為是自己害她被退學才出家的，我問過了不是這樣，是她自己不想念書，她說她命中注定與佛有緣跟妳沒關係……我這麼做都是為妳好妳不懂嗎？妳大學也交過其他男朋友不是嗎？妳不要老是認定自己是同性戀，妳明明就不是啊！為什麼還要跟女人鬼混呢……」

我無法聽他把話說完，我們已經完了，徹底完了，他竟然偷看我的日記，他怎麼可以這樣？他把我最後一點點寶貴的東西都毀掉，踩在地上踐踏，還說是為我好，他還說是為我好……

眼前一陣昏黑，我跌倒在地，失去了知覺。

•

我看見了真真。那是什麼時候呢？是高中二年級的數學課，後面同學傳了紙條來給我，我打開一看，裡面寫著：

有人說過妳打瞌睡的樣子很美嗎？

真真

那就是真真的方式，大膽、直接、充滿魅力，我剛進社會組新的班級還沒完全認識班上同學，我轉頭想找看看是誰寫的紙條，看見左邊後方兩個座位有人對我微笑，她把手撐著下巴學我打瞌睡的樣子，我就臉紅了。那天放學後她在校門口等我說要請我去喝咖啡……

接下來的四年她完全占據了我的生命。

她是外地來的學生，租房子住在學校附近，我則要搭二十分鐘公車上學，每天早上她會騎單車到公車站牌下等我，她牽著車子陪我走到學校，下課後我們一起回到她住的地方，喝她煮的咖啡吃她做的三明治，聽音樂，聊天，在我騙家人說留在圖書館念書的時間裡我都和她在一起。她是個好奇妙的人，身材比我還瘦小，在班上卻有很多人聽她指揮跟著她蹺課，我們那時是按照分數排座位，我算是中等成績，而她是讓老師頭痛的人物，英文是輕鬆就拿高分，其他科目則徘徊在及格邊緣，頭髮剪得太短夾不起來，裙子在膝上五公分，鞋子是尖頭的，書包畫得亂七八糟帶子又特別短只能夾在腋下晃蕩……一天到晚讓教官叫去訓話，如果她爸爸不是國大代表她早就被退學了……這樣一個所謂問題學生的女孩卻吸引了我，我看她叼著菸穿著白色背心三角褲隨著 THE BEATLES 的歌聲搖晃她瘦小的身體，每一次都好想緊緊擁抱她，我明白在她叛逆而玩世不恭的外表下，隱藏的是好深沉的悲傷……

她很少說家裡的事，說的不是那些我完全沒聽過的搖滾樂團、外國作家，就是她的電影夢，說她沒念書，但她可是班上唯一看過高達電影和馬奎斯小說的人啊！她的房裡堆滿她用每個月一萬塊零用錢買來的小說、唱片和錄影帶，我是從她那兒才知道世上還有那麼多神奇的事物，學校都在教些什麼呢？從沒人告訴我除了考大學還能做什麼？更不可能有人會說女孩跟女孩也能戀愛。是的，是真真告訴我，她說：

「十三歲那年有一天，我和一個女孩子睡在一起，她的身體好香，而且一直抱著我，我忍不住就吻了她，後來我把手伸進她的內褲裡，手指陷了進去，她就抱著我哭了起來……結果，我開始不斷地把手伸進去女孩子的身體裡，那是我唯一會做的事。」

我嚇了一跳，不能了解那是怎麼回事，她說著說著就抱著我開始吻我……那是聯考前一個月，她留在我家念書，我記得是晚上十一點，我們剛吃完媽媽煮的海鮮粥正在聊天，她突然就說起那件事，她一面吻我一面說：

「我想要妳很久了但是我不敢，怕妳會生氣，妳是那麼單純，妳還以為我只是把妳當成好朋友而已吧！我一直愛著妳，因為太愛妳而手足無措，我暗示妳很多次了，還拿電影給妳看，妳卻看到一半就睡著了……」

「我不知道啊，從來沒有人吻過我。」

我說。其實真的好舒服啊，以前她經常拉著我的手，有時候會抱著我跳舞，她帶我去溪頭玩的時候住在小木屋，半夜她叫醒我說有好玩的東西看，我看見電視裡有兩個女人光著身體親來親去的好奇怪，看起來那些女人的身體跟我不太一樣可能是外國人的緣故……我不知不覺就睡著了。後來一直感覺她抱著我翻來覆去睡不著我還以為她是認床呢！

「每次妳叫我到妳家來睡我都不敢來，自從那次在溪頭失眠了一夜我就嚇到了，妳不知道那天晚上我有多痛苦，平常換做別的女孩子早就撲上來了，妳卻拍著我的背叫我乖乖睡覺明天才有精神爬山……妳就像個小天使一樣香甜地睡在我懷裡，我偷吻了妳好幾次妳都不知道……」

真真把我的睡衣脫掉，手指在我的胸口畫圈圈，我的身體就一陣一陣酥麻燥熱起來，有種奇妙的變化在我體內產生，後來我才明白，那就是性慾。

那夜，我在她的引導下體會了女孩子身體的神祕，知道因快樂而呻吟甚至哭泣的感受，我像第一次發現自己的身體似的，充滿了好奇和驚喜，我也從她身上看見真正的美麗，原來美是這樣有力量的，它可以令人為之瘋狂，為之深陷而不自知……在她左邊的乳房上有一個暗紅色的胎記，形狀像一隻蝴蝶展開翅膀，她說：

「我注定是要愛上妳的，這個記號將把妳牢牢烙在我身上。」

我不斷地吻著那個記號，真的感覺到愛情橫陳在我們之間，肆無忌憚，愛像一隻野獸侵吞了我，我以為我就此得到新生。

其實，我所要面對的，是我從未面臨過的考驗。

•

戀愛並不只是兩個人的事，等我發現這個事實的時候情況已經很難收拾了。

聯考完我們過了最快樂的暑假。她剛考上駕照家裡就買了機車給她，我們一起騎車四處遊玩，我也學會騎車，最高紀錄是輪流騎到她家在埔里山上的度假小屋，我們買了食物跟很多啤酒在那兒待了兩天，大部分的時間都在做愛。我們做愛，她說我是她遇過的女孩子中性慾最強最大膽的。

「以往妳都被妳那高尚的父母管過頭了，多可惜，妳生來就有做愛的天分，只是沒有人教妳而已。」

她說。無論她說什麼我都相信，我好放心地把自己交給她，隨她去做任何我從未聽聞過的事，我跟她一起抽菸喝酒，酒量比她還好，我迷上她房裡的小說每一本都看過，我自己收集大量的爵士樂唱片，她還買了一架骨董唱機給我當生日禮物……我在家是個溫順貼心的乖孩子，一出門就換上迷你裙露背裝高跟鞋和真真狂歡作樂……我突然變成很美麗的女孩到處都有男人追求我，我喜歡在真真的注視下好冷酷地拒絕別人似乎感覺到我們更加親近……她經常說粗野的話來逗弄我，她乍喜乍悲極端的性格使我不安也使我迷亂……後來我們一起考上同一所大學我念中文她念英文系，我們租了房子住在一起，離開家人的束縛更加沒有顧忌地出雙入對。

我以為我一定是要死了，否則怎會像影片倒帶一樣重回真真的世界，那是我多年來根本不敢碰觸的部分，即使我到山上看她也不曾提及的往事，我像逃難似地逃到清靜平和的寺廟，只是看著她，讓她陪我在院落間散步我隨口說些事，她總是微笑傾聽，她會變成現在這樣是誰也想不到的，我無法開口問一句：

「妳這樣好過嗎？」

我就是不能，我害怕她說出我承受不了的話，那時她失蹤了整整兩年我原以為以她的個性必然受不了打擊會自殺，但是她沒有，等我千辛萬苦找到她時，她已經落髮出家了。

我看見真真，是當年野馬般狂放不羈的她，一頭長髮任風吹亂也不管，學校有男孩寫信給她就把信貼在海報牆上公布，她參加電影社用她爸爸的錢四處揮霍，找幾個人幫忙拍一些奇詭的短片在租來的倉庫播放……她越是驕傲越是目中無人我行我素就有越多的人為她神魂顛倒。我心愛的真真，她的靈魂是我無法測度的，我越是愛她越感到不安，她像一把火燄隨時都可能燒完，而我完全不知道該怎樣使她不致突然熄滅。

大二時她因為拍片認識一個搞工運的女人，她突然一頭栽進社會運動裡，花很長時間在工廠和女工生活工作，組織工會，上街遊行。那是我不懂的事，那時媽媽身體不好我經常回家照顧她，而且功課落後很多，大一被當掉兩科必修念得好吃力，我們在一起的時間變少，爭吵卻更多了。我疑心她跟那個女人在交往否則怎會那麼認真待在工廠做白工，她總說我不長進只會醉生夢死當白癡大學生，其實我並不真的在意她跟別人來往的事，我是害怕，她彷彿走進了我不能了解的世界而且越走越遠，而我在原來的地方承受著她不知道的痛苦一個人好孤寂。我一邊念著我不喜歡的文字聲韻一邊等她回來，半夜經常被電話吵醒是媽媽哭著要我回家她說爸爸半夜三更還不回家一定是去女人家鬼混……我一大早就要蹺課趕火車回家，想起再不去上課可能就要被當三分之二退學了怎麼辦？回家後又得裝著沒事的樣子陪媽媽去銀行找爸爸，中午三個人高高興興地去吃飯，不管他們怎麼吵在我面前爸爸總是一副仁慈和藹的樣子，正如即使我痛苦焦躁我還是會甜甜地微笑，跟爸媽撒嬌逗他們開心……或許我們都是過度壓抑自己的人吧，所以爸爸會不斷地外遇工作還是步步高升，媽媽得到全國優良教師卻多次自殺未遂，這些祕密只有我們三個知道，姊姊和妹妹都不曉得更別說外人……為什麼是我呢？我不是年紀最大也不是最聰明的啊！為什麼姊姊妹妹都能在外地安心地念書我卻要冒著被退學的危險回來當和事佬呢？我從來都不明白卻無法說不，因為我知道他們彼此的痛苦，我就是知道了不能裝作沒看見不干我的事……至於我的痛苦呢？

好孩子是不該老是想到自己的。這樣太自私了。

「小蝶妳醒醒，妳快醒醒。」

我聽見有人在叫我，我悠悠醒轉，看見自己躺在我和阿明的房間裡，沒錯，我再次與真真擦身而過。

阿明說我突然昏倒把他嚇壞了。我問他昏了多久，他說：

「三分鐘就夠可怕了，我在想如果妳還不醒我就要叫救護車了。」

才三分鐘，我卻彷彿看見了自己的一生。是在作夢吧，如果夢中可以重活一次，我一定不會再輕易放棄她。

「我不是像妳這麼容易放棄的人。」

是阿葉說的，我突然好想見她。時間是晚上十二點，我找不到可以出去的理由，也沒辦法打電話給她。不知怎地，我沒有剛才那麼氣阿明了，他確實侵犯了我的隱私，也傷害了我，但其實他受到比我更大的傷害，而且他已經永遠失去了我對他的信任。他不明白，有些事一被揭開就再也無法復原了。

•

接下來的一個星期我們在冷戰中度過，起初他還千方百計找話跟我聊，但後來他也失去了耐性，每天在外面待得很晚喝得醉醺醺才回家，一回家連寶寶都不看一眼倒頭就睡。我下課後接了寶寶就到阿葉住的地方等她，她晚上都要唱歌，最近接了更多工作有時光晚上就要跑兩個地方，她會在空檔時間趕回來看我，再匆匆趕去餐廳。

我在阿葉的住處做飯、改作業、練鋼琴、餵狗、跟寶寶聊天，心情非常平靜。也許是阿葉感染了我，她即使在繁忙的工作和四處趕場之際仍流露出從容的樣子，真是不可思議，她是那麼自然地面對我所發生的一切，既不評斷阿明的不是，也不趁虛而入地鼓勵我趕快離婚反正都鬧翻了……

「我不是來逃避的，妳知道吧！」

我說。我逐漸習慣阿葉這簡陋而經常充滿狗毛的地方，阿葉買了寶寶要用的紙尿布、奶粉奶瓶、嬰兒衣物，還有我的牙刷毛巾拖鞋睡衣，不知道的人看見還以為我住在這兒呢！

「我知道，妳是來勘察環境看適不適合小孩子成長的。」

她好熟練地幫寶寶換尿布餵牛奶，哄她睡覺還唱催眠曲。她總是默默地為我做很多事，然後裝成沒有什麼只是剛好想到而已。

我說，妳從不擔心自己付出的會白費嗎？

「我十七歲那年愛上一個唱那卡西的女人，離家出走跟她四處走唱，三個月後她跟一個日本男人走了，沒留隻字片語還欠旅館一個月的房租。連我身上的一千塊都拿走了。」

她一邊幫我梳頭髮一邊輕描淡寫地說。

「妳不恨她嗎？那麼狠心拋棄了妳。那妳怎麼辦？」

我好驚訝她的遭遇，她一定有更多我不知道的痛苦吧！她怎麼能若無其事地活得那麼自在？

「怎麼能怪她呢？是我自己願意跟她走的，況且，我也拋棄了家人啊！我爸爸氣得都中風了，現在還坐輪椅不能說一句完整的話。認真要算還算不清誰比較狠心呢，我從來不計算這些，去年交的女朋友把我存的一百萬都偷走還把我趕出來讓我睡馬路，結果我被小潘撿回去，她對我可好了，給我零用錢還買很貴的衣服讓我穿把我像洋娃娃似地照顧，我卻沒辦法愛她，還在她家招待女孩子，就是妳囉，她一生氣又把我趕走。

「反正我至少學會唱歌賺錢啊，而且這麼多年來也好好活下來了。還遇見了妳。妳跟我在一起也會失去很多東西但妳還是來了，我既不能跟妳結婚又沒有穩定的工作，經常得搬家呢！」

阿葉說著說著就抱起我走到床邊，輕輕將我放在床上。開心地說：

「如果動作快的話，還來得及在去餐廳之前做個小愛呢！」

「妳不怕我趁妳意亂情迷的時候把妳洗劫一空來個溜之大吉。」

我笑了。她就是有本事讓我快樂，她能把我心裡埋藏最深的恐懼逐一安撫，讓我心甘情願將自己的心打開再也不願關上，我要跟她在一起，無論要付出多大的代價我都不會改變決心。

「今天我想住在這裡，明天不用上課，我想帶妳上山去看真真。」

我說。最好從此留在這裡不回去了。

「又說傻話了，等事情處理好，妳想走我都不會放妳走的。一走了之是最過分的事對吧，誰都不喜歡別人這樣對他的。」

阿葉說。沒錯，一走了之是最過分的事，我就是這樣傷害了真真啊，我忘了嗎？

要處理的事除了和阿明的婚姻，還有多年來一直不能解開的心結，就是當初真真出家的事。我一定要知道原因，否則我不會心安的。

那天是星期六，我回到家才八點，意外的是阿明已經回來，不但沒喝酒還把家裡每個地方都插滿玫瑰花，桌上放著我最愛吃的檸檬派和起司蛋糕，我這才想起今天是我們的結婚紀念日。

他面帶微笑地拿著派向我走來，冷冷地說：

「我怎樣做妳都不會在意了是吧！每天穿得漂漂亮亮抱著小孩去會情人，也不管我是不是會醉死在路邊，只顧自己的快活妳能安心嗎？」

我知道今天是攤牌的日子了，之前他每天都醉醺醺沒辦法談事情，今天他雖然失望但至少頭腦是清醒的，再拖下去只會更痛苦。我鼓起勇氣開口：

「我們離婚吧。」

他突然把派用力丟到我身上，我急忙閃開還是被丟到大腿，整件裙子都髒了。他衝過來抱走寶寶，對我吼叫：

「不准妳提這兩個字。永遠不准。」

「算我求你，這樣相處下去對誰都沒好處。」

我忍著腿上的疼痛耐心地央求他。我知道突如其來地說要離婚他一定受不了，但話都說出口了只好硬著頭皮撐到底。

「妳怎麼說得出口？我對妳不好嗎？我做錯什麼了妳可以告訴我啊，我可以為妳做任何事妳不懂嗎？難道我比不上一個女人嗎？只要妳不說要離婚，隨便妳要做什麼我都不會干涉妳好不好？」

最後他竟然大哭起來……我看著他消瘦的臉上涕淚縱橫，猶如孩子那般嚎啕大哭，真是心如刀割，我該怎麼辦呢？我究竟會傷害多少人呢？

我徹夜不能成眠，現在的我已進退不得，兩股力量拉扯著我幾乎要把我撕裂，這樣的感覺多麼熟悉，為什麼我總是陷入這樣的情況呢？

隔天一早阿明就出去了，我把寶寶送去保姆家請她幫忙帶一天，決定去看真真。

・

「好久不見了，小蝶。」

她說。我才想起幾乎三個月沒來看她了，以前我每個月總會來個一兩次，來看她成了我生活中不可缺少的部分。她看來更清秀了，歲月不曾在她臉上留下痕跡，近乎完美的五官、潔白光滑的肌膚，就像十六歲那年使我驚為天人那般，甚至比以往更美，從前她身上某種不協調、帶著衝突的神情已經消失，連經常流露出哀傷的眼睛也變得好清亮……難道是我的心境轉變看見的她也有不同？我不知道。

「我愛上一個女孩子，但我必須明白當年的事，我害怕自己又會犯錯。」

我忍不住握著她的手，我依然是愛她的，只是那種愛不再激烈也不會傷人，她就像我心底一只小小的盒子，存放著我所擁有過最純粹、真實的愛情。我忽然發現她一直活得很平靜，早就不再為往事困惑，只有我還在苦苦糾纏，不斷拿回憶來折磨自己。

「我知道妳會問的，只是沒想到妳花了那麼久的時間才有勇氣開口。」

她接著說：

「以我現在的身分其實不適合說什麼，不過我想說清楚也算了了我一樁心事。大家都認為我出家是為了逃避和報復吧，妳一定也這麼想，所以才一直內疚自責，不能原諒自己，而且動不動就上山來看我想知道我過得好不好是嗎？」

「畢竟我那時候突然搬走，又馬上交了男朋友總是很過分啊！」我說。那是要升大三暑假的時候，真真因為一次失控的街頭示威被抓進警局，她爸爸來保釋之後兩人大吵一架鬧翻了，然後又接到學校的退學通知，她期末考都沒去，連補考也沒到，二十個學分被當了十八個完全沒救，再加上她投注最深的運動團體也因為權力鬥爭而分裂成不同陣營……真是雪上加霜，她成天把自己鎖在房裡音樂開得震天響，無論我怎麼勸她都沒用。

那時媽媽跟爸爸因為有女人鬧到家裡來吵翻了天，媽媽帶著行李連夜趕到我的住處說要住一陣子。哎，我真是身心俱疲，更糟的是媽媽偷看我的信件發現了真真從前寫給我的情書……她們兩個就在我面前彼此攻擊叫罵，真真原不是脾氣不好的人，媽媽從前對她印象也很好，沒想到兩個人竟像在爭奪我似的，突然變了樣子，我簡直嚇壞了，媽媽一直威脅我要跟她分開否則她要死在我面前，真真則說如果我離開她她一定沒辦法活下去……我怎麼辦呢？鬧了三天，我都快崩潰了，媽媽為了要阻止我竟回家跟爸爸和好，兩個人一起幫我找到房子，是朋友家，他家的兒子正好跟我同校一直對我有好感，還叫他每天開車接送我上下課。一張設計完美的天羅地網將我團團圍住，我絲毫沒有反抗的餘地，媽媽私底下又不斷哀求我，說她現在只有我可以依靠我不能自私地拋下她不管……我能怎麼辦呢？媽媽是真的會自殺的啊，我小學六年級就送過她到醫院，好可怕，我一直活在恐懼她會不小心死去的噩夢中，我這次怎能因為自己要談戀愛而害她去死呢？

如此，我毫無選擇餘地地放棄了真真。搬到爸媽安排的地方，接受他們安排的男朋友，真真就失蹤了。

「妳離開之後我簡直絕望得想死，但我又明白妳是為了怕妳媽媽自殺才答應他們的，妳一直都在妳媽媽的控制之中活得好痛苦，我不願意像她那樣對待妳。」

我們走到涼亭裡並肩坐下，她緩緩地訴說往事。

「那妳為什麼要出家呢？我後來就搬回學校宿舍了，我一直到處找妳，直到畢業找到妳的哥哥，他才說妳住在山上，等我找到廟裡，妳已經出家了。」

我說話時彷彿還感到疼痛，像我第一次看見她光著頭穿著僧袍立刻掉下眼淚那種痛楚。

「我流浪了好久，不只是為了妳，而是突然整個人都亂了，我在街上遊蕩，被打過搶過，還被人強暴，渾身是病，但我似乎感覺不到痛苦，往事一一翻滾在我眼前，不知道為什麼我從小就感到體內有什麼地方阻塞了，不管做什麼都不能平靜，連跟妳在一起都不能，妳太美好對我太包容，我越靠近妳越覺得自己汙穢，我經常要刻意傷害妳使自己平衡，但是妳還是那麼愛我只是讓我更自責。哎，我已經病入膏肓了。後來在路邊遇見朝山的人群，有一個師姊竟為了救我，一路背著我，三跪九叩走到山頂。那一刻我抬頭看見佛祖，頭一次體會到平靜。我立刻知道這才是我要走的道路。」

真真說話時語氣是那樣平和，彷彿泉水洗滌了我的心靈。

「妳不會怨我嗎？」

我囁嚅地說。我一直都在責怪自己，甚至連愛上阿葉我都感覺是背叛了真真，所以都不敢來見她。

「魔障在妳自己心裡，只有自己能解開。回去吧，這不是妳應該懺悔的地方。不要再來了。」

她說。

我幾乎是又哭又笑地離開的，我一面開車一面思索著她的話，這一生我都在恐懼自責中度過，我不要再這樣了。

•

下山之後我直接到心眉家，我看見心眉的媽媽正在餵她吃飯，不由得一陣心酸。我問她最近有沒有好些，然後拿五萬塊要給林媽媽。

「不用了，前些天妳不是才叫一個姓葉的學生拿三萬來嗎？還沒用完呢！小眉最近好多了，我打算送她到鄉下老家，她外公外婆會照顧她，妳放心。」

林媽媽說。我心想，一定是阿葉，她真是神通廣大，居然找到這兒來了，為什麼總是看穿了我的心事，還替我設想那麼周到呢？

我陪她們坐了一會，感覺心眉似乎認得我，她會好起來的，現在她只是不能面對現實而已，現實總是殘酷的，但她總有一天會勇敢面對，會為了武皓好好活下去。

離開心眉家，我開車到阿葉上班的餐廳，時間是晚上六點，這時她該在這兒唱歌但是沒有，我有不好的預感，她該不會因為我昨晚沒打電話就溜班吧？不知道，我原想去接寶寶也顧不得了，急忙趕到她住的地方，打開門一看，阿葉病懨懨地躺在床上。

「妳怎麼了？」

我伸手摸她的額頭，好燙。昨天不是好端端的嗎怎麼就病了呢？

「大概是跟女孩子鬼混沒穿衣服著涼了，睡一下就好。」

她故作輕鬆地說，還勉強坐起來想抱我。

「真是笨蛋，還有心情開玩笑，我帶妳去看醫生啦！」

我忍不住罵她，抱起她下床，沒想到她那麼輕，全身軟綿綿的。

發燒快四十度，她在醫院還努力說笑話給我聽，說今天中午唱歌老是唱錯詞，客人也沒發現還拍手很大聲，可能是因為我穿了迷你裙吧還有人給我一千塊小費，晚上沒去太可惜了搞不好會有星探在台下聽呢……

真是笨蛋，以為這樣我就會不擔心嗎？我忽然發現自己有多愛她，我不能失去她，就是不能，她雖然沒說，但一定也是同樣需要我，就是因為她從來不要求什麼，只有她不會要求我為她付出，像傻瓜一樣自己拚得半死還說沒關係我很強壯妳趕快回家……我的心卻不能抑止地向她靠近，被她占據。甚至超越了我對真真的愛。

無論她怎麼催我回家我都不走，我打了電話給保姆，她說阿明剛才把孩子接走了，打電話回家他一聽見我的聲音就把電話掛掉，我管不了那麼多了，現在真正需要我的人是阿葉，我不能放著她不管。

在醫院打完點滴她似乎好多了，我煮了稀飯餵她也吃了不少，我把今天上山看真真的事告訴她，還說了以前許多事。

「我的人生好像打了很多結，自己也不知道究竟有多少，是遇見妳之後才有勇氣一個一個找出來想辦法解開的，妳跟我在一起搞不好會有麻煩，我現在就像不定時炸彈，隨時都可能爆發。」

我說。這是實話，除了阿明，我爸媽也是麻煩人物，搞不好會比當年處理真真的事更激烈呢！但我可不會像那時候這麼容易妥協，我一定會力爭到底。

「還記得我說過我想找一個女孩子嗎？就是妳啊！無論多久我都會等，就算只能偶爾看看妳我也會滿足。我承認我努力賺錢是希望可以照顧妳跟妳一起生活，但我不希望妳為了我受到傷害，妳還有小孩，我怕妳離婚會失去她。阿明不會把孩子讓給妳的。」

阿葉虛弱地說。其實我自己也很害怕，未來真是不能想像，無論失去她或寶寶我都會受不了的，但我又不願意只是偷偷摸摸跟她在一起，我也同樣想跟她還有寶寶一起生活，那將是屬於我自己的生活，我渴望的方式只有她能給我。

阿葉吃完藥就睡了，我卻睡不著。漫長的夜晚，我在陽台上來回踱步，我還要面臨多少風波呢？是不是只要做錯一個決定就要賠上一生來償還？我不知道，是我自己選擇這段婚姻，難道我沒有權利選擇放棄嗎？我不想和媽媽一樣，痛苦了幾十年到老了才說要離婚，我不認為兩個女人不能撫養孩子，什麼是正常的家庭正常的小孩呢？悲劇不斷在我身邊上演，使我無法再輕易地順從別人的期望，滿足旁觀者無聊的評斷，也許孩子會問我關於爸爸的事，也許她會因為別人的恥笑而受傷，但我會讓她明白，這世界不是只有一種樣子，別人有爸爸，但妳有兩個愛妳的媽媽，我不會編織美麗的謊言來騙她，我要讓她知道，即使我們跟別人不同，但我們有屬於自己的世界，我們需要更多勇氣才能走下去，但我們絕不輕易放棄自己的希望……

但願我有機會陪她成長，有機會跟她一起度過所有苦難。

•

問題是，當我天亮後趕回家裡，阿明和寶寶都不見了。

我忍耐著焦急把課上完，一整天不停地打電話，打回家沒人接，保姆也說今天沒帶過去，打到阿明店裡工讀生說老闆叫他這幾天上早班晚上就把店關上……阿明幾個朋友那兒也找不到人……打給爸爸他生氣地說妳媽媽才鬧著要離婚就跟人跑了，妳現在又出這種事真是氣死我了……

我有預感，短時間裡，阿明是不會回來了。他一個男人帶著孩子能上哪兒去呢？會不會出事呢？為什麼大家都動不動就要失蹤呢？這樣就能解決問題嗎？

下課後我開著車大街小巷到處找，其實沒用，我這才明白自己多年來確實疏忽他了，除了店裡家裡，我不知道他還會去什麼地方？他平常除了工作、打電腦還做些什麼？好奇怪，他為了了解我可以四處找我的朋友打聽，甚至偷看我的日記，我卻對他毫無興趣，幾乎可說是漠不關心，我怎麼會這樣殘忍，他為什麼拚命要挽留我這種妻子呢？

我回家等待，打電話叫阿葉來，這種時候不應該再去她那兒，但我實在無計可施，一個人這麼胡思亂想也不是辦法，看見她也許會安心點。

「先別急，他或許只是出去散心，幾天就回來了。搞不好待會就回來，看見我還找我打架呢？」

她不慌不忙地說。哎，要是這樣就好了，我突然想起他說過小時候看見他爸爸打媽媽，很多次都想拿刀砍他……他性格裡經常充滿仇恨跟不滿嗎？而我又這樣徹底撕碎了他的心，會發生什麼事真是不敢想像。

我找遍整個屋子，他沒留下隻字片語，只帶走寶寶的東西和他的幾件衣服，他真的打算自己帶著寶寶出去不回來了嗎？

她一直陪著我，還說今天把白天的班都辭掉打算以後幫我帶寶寶，晚上再去唱歌，她說：

「一來可以省保姆錢，二來我可以跟寶寶親近，妳也可以安心上課不用趕來趕去。」

「我教書的薪水夠我們三個用了，妳不要把自己累壞，唱到那麼晚。」

我說。她就是太拚了，騎著摩托車，颳風下雨也捨不得坐計程車才會生病的。可是現在計劃這些又有什麼用，孩子到哪兒去了也不知道，在外面也不知道會不會受苦？

等到十點，她說要回去餵狗了，我送她到門口，她抱著我久久不放：

「好好睡一覺，明天白天我出去找，晚上下班再來陪妳。不要胡思亂想折磨自己。我們一起度過一切難關，不要先累倒了。」

我望著她漸漸遠去，明天、後天、大後天，我要等到哪一天呢？阿明，我們非要弄到這個地步嗎？孩子是無辜的。

到了第三天，阿明仍毫無音訊，媽媽卻來了。

非常奇怪的場面。媽媽帶了一個看來四十多歲、矮小精瘦、穿著襯衫牛仔褲、臉上有很多皺紋的女人，阿葉在我這裡，我們四個人一見面竟像熟識已久一般，我立即明白，媽媽面臨了跟我一樣的事。

媽媽拉著她坐下，介紹說：

「她叫高玉琴，我們是去年在澳洲認識的。」

我說，妳就是為了她要跟爸爸離婚嗎？妳說和別人戀愛是指她嗎？

「我是為了我自己。說愛上別人只是想讓他放我走，你爸爸是那種只許自己外遇不能忍受老婆變心的人。」

媽媽語氣肯定地說。我發現她似乎改變了，不是因為剪短頭髮穿了輕鬆的運動衫看來更年輕，而是我從沒聽她說話這麼自信從容，她從前不是哭哭啼啼就是嚴厲斥責誰，神經老是緊繃著，臉上也少有笑容，我不確定她們是否在戀愛，但這個女人一定深深影響了她，我一見她就對她產生莫名的好感。而且她看媽媽的眼神充滿了柔情，她是深愛著她的。

我說，爸爸肯答應離婚嗎？

「反正我都老了也不打算再婚，離不離婚都一樣，而且，我要跟阿琴到大陸去了，她在那邊有食品工廠，我想到處去旅行，她可以陪我。」

媽媽說。她從前就喜歡旅行，每年寒暑假都會跟朋友出國去玩，其實她是個很獨立的女人，只是一直都被爸爸無止盡的風流韻事糾纏著，漸漸失去了信心，陷入瘋狂自虐的境地。我看見她這樣真替她高興。

「媽媽一直都在拖累妳，還常常用自殺來威脅妳，真是苦了妳。妳從小就是個很敏感懂事的孩子，三個孩子也只有妳跟我最親近，她們都向著妳爸爸把我當成嘮叨的老太婆……阿琴說我對妳太依賴了，會扭曲妳的人格。她比我小十歲卻比我看得透澈，很多事都是她慢慢說讓我明白的，認識她之後，常常說起從前的事，她才念國中畢業，卻比我這個老師更明事理，我有很久沒有這麼快樂了……」

媽媽說起她的時候，語氣裡盡是敬佩和尊重，她正在一旁和阿葉抽菸，小聲說著話，不時轉過頭來看我們，我相信媽媽跟她在一起會幸福的。

那晚我們買了酒和小菜回來吃，聊了很多，阿琴說她十年前離婚，兩個孩子都跟爸爸，對她充滿敵意，是她最痛苦的事。她勸我無論如何要爭取孩子的監護權，否則會遺憾終生，還說盡量不要跟阿明撕破臉，要感動他，兩個人即使離婚也不要變成仇人，到後來吃苦的都是孩子……阿葉不時說笑話引得媽媽很開心，她總是有能力讓悲傷的氣氛變得輕鬆。

趁媽媽去上廁所時，我問她是不是媽媽的愛人？她笑著說：

「要她接受這種事可不容易，我雖然愛著她，但不一定要跟她談戀愛啊，相愛可以有很多方式，我願意陪著她，當她最好的朋友，看見她快樂是我的願望，我剛認識她時她簡直絕望到了極點，看了會讓人害怕，我不會為了自己的私心再嚇走她的。到了我們這種年紀還可以互相陪伴，彼此了解，就夠了。」

相愛可以有很多種方式，阿琴和阿葉讓我見識到世間最美好的愛，而我和她們相比，只是個自私又愚蠢的人。

．

差不多十天阿明都沒有消息，我從焦急、恐懼直到絕望，阿葉想了各種方法四下打聽，找朋友幫忙，白天我幾乎沒有心情上課，很想辭掉工作跟她去找，她一直勸我要冷靜，辭掉工作沒有收入即使找到孩子也沒有本錢養她，而且對學生太不公平。

沒想到，第十天晚上阿明回來了。

他抱著孩子，人整整瘦了一圈，鬍子都沒刮頭髮很亂，那時我正和阿葉在吃飯，他看了阿葉一眼，把孩子交給我，冷冷地說：

「她就是妳要離婚的理由嗎？妳自己考慮清楚，要離婚還是要孩子，我是不可能讓我的孩子給同性戀養的，那她長大不會變同性戀嗎？況且，妳們拿什麼養她？一個是小太妹，另一個搞不好連書都教不成，要我的孩子跟妳們去流浪，作夢！」

話一說完，他又把孩子搶走。

「同性戀又怎樣？孩子不是你一個人的！我做牛做馬也會養活她！」

我大叫著。為什麼這樣說呢？阿葉不是小太妹，難道同性戀就沒資格當母親跟老師嗎？憑什麼這樣呢？

「妳跟她滾吧！有本事妳們自己生啊，有話妳等著跟法官說吧，現在妳不想離婚也由不得妳了，我不會要妳這種妖怪做老婆的，滾吧！明天我的律師會去找妳，錢跟房子妳一樣也別想要。是妳先背叛我的，別怪我無情。」

他一怒之下把我跟阿葉趕出去。

我和阿葉站在門口，全身僵硬不能動彈，我似乎聽見寶寶在哭，媽媽在這兒啊，她聽不見的，無論我多麼愛她都沒有用了，法律、輿論都不會站在我這邊的……

「對不起，是我害了妳。」

阿葉哭了。我卻哭不出來，哭也沒用了，早該想到會這樣，我們太天真了。

「我沒有後悔。阿葉，是我不該結婚的，如果沒有遇見妳，我又能欺騙自己多久呢？

「再說，事到如今我也不可能再回到他身邊了。」

我抱著她，像懷抱自己的孩子，就是明天了，我得到自由卻失去我的孩子，值得嗎？

「妳這樣做值得嗎？」

阿葉問我。

我不知道，我這輩子都在不斷地失去，現在連孩子都失去了，但是我還擁有自己，或許這是我唯一可以擁有的，也是我唯一不能失去的。

「阿葉。」

我叫她。四周是全然的黑暗，我打開我的眼睛，我沒有失去方向。

「明天陪我去見律師好嗎？」

我說。失去孩子但她仍在我心底。但失去妳我連心都沒有了。

「蝴蝶。」

她說，不能飛就不是蝴蝶了。

是的，蝴蝶是我的名字。我不是為了媽媽或孩子而活的，這樣說也許太自私，但，是誰剝奪了我做母親的機會，誰有資格說我們不能讓小孩健康快樂地長大？我並沒有為了阿葉放棄我的孩子，我是不得已的。

我只想好好地睡一覺。

好好地睡一覺。

色情天使

之一：最初的畫鋪

最初，你並沒有發現我。

愛情卻忽地就來了。我看見你，微仰著太過沉重的頭顱，在嘈嚷的人群中兀自仰望天空，天空裡除了雲什麼都沒有，你凝視空無一物的天空出神，我凝望你。

我想要你，我好想知道，隔著薄薄衣褲底下的你，擁有怎麼樣的身軀？我好想撫摸你牛仔褲拉鍊凸起的部分，那略為傾斜的臀、黝黑的陰毛、平坦結實的肚腹、背脊的凹陷處……你在距離我五公尺的地方站立，濃郁的體味卻四處瀰漫，你的陰莖你的汗水你的毛髮，一切的一切，對我輕吐氣息，你就這麼四面八方地來了，我必須竭力壓抑才能使自己不立即向你撲去……然後，你突然走向我，如此急切，隨著人潮流動起來，我屏息以待，全身的細胞都雀躍不已……你以二分之一秒的時間，與我擦肩而過。

我閉上眼睛，首次因如此短暫的摩擦而達到高潮。

你走過去了。

天空驀地裂開，雨水傾盆而下，我聽見奇異的歌聲自高處飄落，我學你那樣仰起頭，冰涼的雨水刷過我的眼睛，在水珠的投影中我看見天使。

天使，頭頂鵝黃色光圈的俊美天使在裂縫處對我微笑，是哥哥的臉沒錯，他朝我扔下一顆眼珠……

眼珠擊中我的左額，烙上了印記。

是我，烙著那血色的印記，看見你的臉。

·

我抬起我的臉。

他依然緊閉著眼睛，這個被我稱作白牙的男人是我的牙科醫生。初識時他為我拔掉一顆蛀壞的臼齒，並適時治癒我突如其來的性慾。

我喜歡他拔牙的技術，及他對性愛近乎天真的專注。

我告訴你，此刻我雙手握著他被唾液濡濕的陰莖，回想著方才的親吻，手指禁不住滑動，他就輕輕地喊叫起來，像以往每一次那樣，他以極好聽的聲音，或緩或急，或纏綿或激烈地呻吟著……我的身體就開始膨脹、膨脹，裡頭充滿了滾燙的泡沫，隨著神經末梢傳向我的四肢，我強忍著不叫出聲，只怕聽不清他優美的吟唱……我渴望他分開我的雙腿，溫柔而猛烈地切入我的體內……無數次，他以極童稚的表情展示出高潮。

我不愛他。

•

我在阿蕾的工作室，布的天堂。

時間是下午四點鐘，我穿著阿蕾縫製的棉布短衫、丁字褲，在滿地的布匹中與她調笑，她在我大腿上畫了一隻蝴蝶，我在她額頭寫下自己的名字。

門板上的銅鈴忽然響起，門被推開。

你走進來了。

我因為過於震驚而忘卻自己近乎半裸的打扮，我仍躺在布匹中，仰著頭看你，你像從天而降似地，滿臉通紅地凝視著我，有人大叫起來。

「小鹿！」

叫的人是阿蕾，小鹿是我的名字。

你竟然如此瘦小，甚至比阿蕾還矮一點。你一定看見了我的蝴蝶，我色彩斑斕的丁字褲，我的大腿。

竟能再遇見你。

時間一分一秒流逝。阿蕾說了許多話，還泡茶端水果給你吃，我猜我一定不停地抽菸上廁所，你呢？

你拿出許多錢，還有收據。

「這是你的畫賺來的。」

你說。

後來我才明白，原來阿蕾的畫和衣服在你的畫鋪展售，你們合作有兩年多了，這一年來我經常在這裡跟阿蕾鬼混，卻不曾見過你。

「我的畫鋪都靠她的畫在撐，我自己的沒人要買。」

你說。阿蕾笑著說，反正你又不想賺錢，否則你也會畫容易討人喜歡的畫啊！她這麼說你就臉紅了，我看見你臉上有好多皺紋。

我只記得那麼多了。

阿蕾說賺了這麼多錢我們出去狂歡一下吧！你說謝了我還有些畫趕著裱給客人，我說我頭突然痛起來我要回飯店了……

不知怎地，你便搭了我的車。三十多歲的男人還沒有自己的車得搭公車的我還是第一次遇到，我說你要到哪兒我送你去吧！

你並沒有拒絕。

在車上，你像水庫突然洩洪似地說話，真嚇人，你說畫鋪是你前妻的房子免費借你用的，你說阿蕾是你大學同學，非常有天分，她現在名氣很大了還肯把畫放在你的小畫鋪賣其實是在幫你，你說你曾經做過廣告設計也畫過看板招牌，如果不是她們幫忙，你根本沒有辦法繼續畫畫……言語的洪流滔滔而至……

你說話會結巴，極低沉的聲音結巴時像海水衝撞了岩壁，你一結巴我的耳朵就濕潤了一點，浪花泡沫都湧進我的心裡。

「妳就是她常說的小鹿啊！妳們是情人吧！」

你說。

聽見你好不容易順暢地說了句話，我忍不住笑了。

我說，我們是情人沒錯，

「但我有很多情人。」

你語無倫次的樣子真令人憐惜。

我們來到你的畫鋪。

•

我每個月跟他見一次面，都是月經來的時候。

你無法想像他是如何酷愛我的經血。他收集了十幾張沾染了血漬的白色床單，不見面的日子便逐一拿出來賞玩、舔舐。

奇異、俊俏、健美。腰只有二十四吋的男人，朋友戲稱他為小蠻，我叫他吸血小蠻。

小蠻是個交通警察，在一次公路超速被他攔下，他沿著罰單上的地址找到了我。

生平第一次跟戴墨鏡的交通警察上汽車旅館，而且是個表面斯文正經，骨子裡嗜血、陰鬱、哀愁的男人。我們廝混了一天一夜，經歷前所未有的癲狂之境。

「你不害怕嗎？不怕他突然凶性大發殺了你？」

你問。我告訴你關於我跟他的一切，你為我擔憂。

「他不會的，他是我見過最溫柔羞怯的人。」

我說。是真的，人們對於不明白的事總是先害怕然後妄加批評，其實我跟他在一起是我在凌虐他，他說小時候親眼看見爸爸被亂刀砍死倒在血泊中不住地蠕動，他衝過去想拉爸爸的手卻被濕滑的血水絆倒，他一臉跌在血塘中嘴裡沾上血液，臉孔跟爸爸正好貼近……血淚相融是他愛的方式，他說我愛妳身上流出的每一滴血液……

當我在敘述他的過程中依稀感覺到隔著小小的茶几，你的雙腿曾不住地抖動，你曾一次又一次激烈地勃起……隨著小蠻摩托車在公路上快速地奔馳，天空染血似地整片通紅，我繼續和你說話，感受到他頭盔下的太陽穴強烈地跳動，像要衝出腦門……那是第六天，你一面不斷聆聽我的故事而一面悄悄地勃起，卻連我的手都不敢拉。

你說你不能。

那天，我們一走進你的畫鋪，你就安靜了下來。

小小的鋪子裡瀰漫著你特有的體味。起先，我淹沒在阿蕾大膽、詭異的色彩中，到處都是她的畫、她的衣裳，有點喧鬧，遊戲般的思考，卻有令人不得不注視的，壓倒性的魅力，像她的人，那麼你呢？我仔細搜尋……

你躲在一個不起眼的角落，一幅八號的油畫，羞赧地在牆上顫抖，真難理解你剛才迫不及待跟我說了那麼多話，你的畫卻沉靜得令人鼻酸。一大片深藍無邊的海水，銀白的天空，海面上有個小小的紅色人影。

那人踮起腳尖在海面上跳舞，隨時都要沉沒一樣。

我覺得那人是我，或是我哥哥。

我深深地愛著你你不知道吧！對你的愛在沒見過你之前就逐漸醞釀累積，一看見你就滿溢而出。如果你不能了解那誰能呢？

我很快就離開了你的畫鋪，我把自己丟進車子裡，我把車子拋到馬路上，我使勁踩油門，將你迅速地、遠遠地，拋擲在身後。

那小小的人影一直在我眼前翻飛。我看不清他的臉。

是誰的臉？

我回到飯店的房間，房號三〇三。

長期住在飯店裡，而且經常更換不同的地方，你問我究竟在做什麼哪來這麼多錢如此揮霍？我說那是慈善老爺的錢。

大家都要喊他一聲老爺。他確實是老了，而且下半身已經癱瘓十多年。

他真是個慈愛又令人敬重的老人。這些年如果沒有他我不知道流浪到什麼地方了？但如果沒有我或許他早就死了，如他所渴望那般坐著電動輪椅朝載滿乘客的巴士撞去。

死在喧囂的馬路上。去找尋當年死在他車上的妻子。

正確地說，我們是依賴著對方而抗拒了死神的媚惑。

我躺在飯店的大床上看A片。許久以來因為渴望著某人而自慰還是第一次。我從不曾想要某個人而無法達成，正如我其實可以住在老爺豪華的房子，或要求他隨意買一幢房子給我住，甚至在眾多追求我的人之中挑選一個嫁了，但我卻選擇了在一間又一間飯店賓館或華麗昂貴或簡陋骯髒的房間，像躲避什麼似地來來去去，我不要停留在某一個地方和某個人共眠，我所擁有的是揮霍不完的美貌和金錢，卻比任何人都貧窮空洞。

我想著你。我還不曾要求你就拒絕了我。但我想著你。想像你噴灑大量的海水逐漸吞沒我，我赤裸的身體在冷冽的海水中翻滾，鹹濕的海水灌進我的口鼻氣管使我幾乎氣絕，我仍朝向你，以無比的慾望支撐自己朝你奔去。

我想親吻你說話時略略歪斜的嘴唇，唇邊短短的鬍碴，雜亂的頭髮，瘦瘦的頸子，凸起的喉結……

如果可以我會光著身子奔跑著直衝進你的畫鋪，一言不發地抱住手裡還拿著畫筆受到好大驚嚇的你，張開雙腿將你強行占據。

然而我不能。

在極度的痛苦昏亂中我來到老爺的屋子。他始終等待著我。

•

「妳來了。」

你說。是的，隔天中午我推開你的門，之後許多次我推開你的門。

「要我吧！」

我說。沒有人能拒絕我的我知道，你對我的慾望寫在臉上，那麼明顯，阿蕾說男人女人都抗拒不了我，哥哥說我總是使人毫無自制力，你呢？

「我不能要妳。」

你說，你說不要這樣迷惑我，妳太美好使我痛苦。

「我們來說話吧！我想知道妳的一切，妳的男人妳的女人，妳的快樂悲傷，妳的慾望妳的恐懼。讓我們不停地說話直到天黑，直到慾望消退，直到疲憊……」

你說。

事情就這樣開始了。在你面前，我成了喃喃自語的夢遊者，每天中午刺眼的陽光使我醒來，我踏著恍惚的腳步向你走來。我推開你的門，你為我泡茶，擺菸灰缸，我還來不及思索你就開始發問。

我在言語的漩渦中吃力地跳舞，害怕隨時會跌倒。

我說了許多事，說了阿蕾說了白牙說了小蠻，還有其他沒有名字的人，我甚至說了慈善老爺喜歡的表演……為了讓故事繼續，我離開你的畫鋪就向他們走去，更加頻繁地與他們相見。

我迷失在語言與慾望交織的洪流中。早早就迷失了。

我沉醉於這華美的迷失中，傾聽身體彼此碰撞、摩擦、擠壓、穿插的聲音，那紛紛下滑、墜落、崩解的音樂。我摘下我的頭顱，任你傾倒其中的記憶。除了一件事我沒有告訴你，我忘記了，我越想記起就遺忘得更徹底。

你近乎病態地詢問我和別人做愛的細節，你在我鉅細靡遺的敘述中感受到什麼呢？這樣你就滿足了嗎？

我不知道。但這也許是我所能親近你最安全的方式。

‧

阿蕾在我面前流淚。

「說好了妳可以跟其他人做愛但不能動感情。」

她撕碎許多染好的布，對我咆哮。

「我沒有跟他上床。」

我低聲地說。你不知道我有多害怕女人哭。

「但是妳想對吧！妳變了，妳從不會對別人這麼謹慎，從那天見到他之後妳就變了。

「妳愛上他了！」

她再度尖叫。

我想說，我是想要他，妳都不知道有多麼想，想得每根骨頭都變形了。

「我從沒有答應妳任何事。」

我說。我從不曾答應誰任何事，即使我說了我也做不到。承諾對我是沒有意義的屁話。

「不要再說了好嗎？」

我吻了她。愛又能怎樣？只是讓人痛苦而已。像我們過去那樣不是很好嗎？既快樂又輕鬆，誰也沒有負擔。她的身體溫柔地回應我的愛撫，就是這樣，如此無聲地呼喚我們的，不就是愛了嗎？為什麼還要反覆說許多傷人的話來證明相愛呢？我是真的疼惜她寵愛她的，我在她面前展現的是最天真單純的一面，只有這麼多了，那跟對你的愛是不同的，我給你的並沒有更多，也不是更好，阿蕾不懂，我付出真正強烈的愛對別人只有傷害而已。而你已經在承受那逐漸加深的傷害了。還會更重。

她在我身體裡逐漸融化，緊貼著我的肌膚，她睡著了。

安靜的阿蕾真是美麗。她不明白我是怎樣的人，或許是我刻意不讓她明白。

我忘記了。

‧

「我忘記了。」

你問我第一次和誰做的在什麼地方是什麼時候？我說我忘記了。因為記憶太深所以忘了。

「我只記得第一次看見你你並不知道我，但我就已經渴望你了，那種渴望甚至不是性，強烈地撼動我的靈魂至今都不能安定。」

我說，別人的故事都快說完了而我們的還未開始。

「第一眼就看見妳腿上的蝴蝶，那時我知道妳是我夢中出現的天使。」

你說。原來我們在不同的地方看見了對方的天使。

你拿出一個銅鑄的雕像放在我手裡。

「許多年來我反覆作一個相同的夢。」

你說。

「夢中，我站在遼闊的海面上，我必須不停地跳舞才不會沉沒，夢中的我其實雙腿已經殘廢，但只要在海面上我就可以跳舞，我跳得好累好累，卻不能停下腳步，生怕從此雙腿又不能動彈，生怕腳步一停就會無止盡地下墜……跌入無底的深淵中……我只能拚命跳，拚命地跳。

「每一次快受不了要倒下了，就會有一個人出現，不知是女是男，那人遠遠地站在一片葉子上，全身赤裸，下體有一隻蝴蝶，撲撲拍動翅膀。

「四周傳來一種好聽的歌聲，我知道是色情天使在唱歌，『我是色情天使。』他無聲地對我說。『我將為你歌唱。』我只要聽見那歌聲就重新有了力量。一直跳下去。

「後來我憑著微弱的印象，一點一點揣摩出他的形貌，自己添加在夢中看不清楚的臉部，用黏土塑好，翻成銅像。

「沒想到，竟跟妳的臉如此相似。」

你告訴我你的夢，我撫摸著手裡的銅雕，看著那與我幾乎相同的面容，心中一陣翻攪，我們終究逃不過命運，將我們如此奇妙地相連。

「妳是我的色情天使，但我不能跟妳做愛。」

你說。你抱著我，跟你如此貼近還是第一次，你說的話我在什麼地方聽過呢？我忘了。

・

離開你的畫鋪之後我來到他的診所。

那時是傍晚，他正在幫一個小男孩拔牙。他溫柔地說話安撫男孩的恐懼就像他多次安撫我莫名的哀傷。

牙科診所裡有我喜歡的消毒藥水味。我坐在長椅上，看他熟練地工作著，他長得比你好看十倍，而且他從來不會拒絕我。

我聽見他喜歡的顧爾德彈的鋼琴曲，還摻雜電鑽的聲音，像第一次來這裡，立即忘卻了疼痛。我不知不覺睡著，夢中，看見披頭散髮的顧爾德對我揮舞他的白手套。有人說，小鹿該醒醒了。

醒來，他摘下口罩吻了我。

診所內空無一人，掛號小姐走到門外，掛上「休息中」的牌子，有點生氣地用力關上門。

「還沒吃飯吧！到樓上我煮通心粉給妳吃。」

他對我露齒一笑，純潔無邪的神情使我不忍，兩年多以來，他一直這樣對我，即使我拒絕了他的求婚，即使我只在寂寞時才來找他，即使我說自己是個記者工作很忙不想跟他住在一起……都是騙他的話，他心裡清楚卻不拆穿我，他會做二十種不同口味的通心粉，他知道什麼時候用什麼方法可以餵飽我，而我卻不能給他任何東西。

我拉著他的手走到廚房。

「我不吃麵，我想吃你。」

我說完就把衣服脫光，坐在餐桌上。他一下子反應不過來羞紅了臉，讓我更加亢奮。

他向我挺直他的陰莖，你看見了嗎，多麼容易就能令彼此快樂，為什麼你不願意呢？你想要的只是每天聽我詳細露骨地敘述我跟別人做愛的內容然後躲起來自慰嗎？讓我懷抱對你的愛和慾望去尋找其他人的慰藉嗎？

我使勁地吻他，突然發現我手中掌握的，是上天神奇的創造物，每寸皮膚、每根骨頭、每絲毛髮都充滿奧祕，我細細地品嘗他、賞玩他，隔著肌膚感受他內臟的起伏蠕動。我熱淚盈眶。

雙手捧握他的陰莖，它像花朵般嬌豔地為我綻放，紅潤的色澤，浮現青紫血管光滑的表面飽滿得彷彿要迸裂，它舉起的弧度，濕熱的氣息，自有生命般微微抖動著，我撫摸它望著它，憐惜之情油然而生，這柔軟無助的孩子一定期待我很久了吧！我將會用溫暖的口腔緊緊包裹它，讓它深深躲進我的體內好好地睡一覺……

只有當我與另一個身體完全無防備地接觸時，我才能感受到生命的些微喜悅，我一直這樣活著。

你卻破壞了我的規則。擾亂了我的秩序。

•

「妳就靠這樣賺錢嗎？」

你指的是老爺的事。

「不是為了錢。」

我說，再多錢也不能讓我跟不喜歡的人做愛。何況他根本不能跟我做。我愛他是因為他的痛苦和絕望，我們是一樣的人。

我告訴你我是真的喜歡這樣，我喜歡穿戴各色各樣的胸罩、三角褲，以及蕾絲吊帶襪、高跟鞋，披上黑色大衣來到他面前，在他犀利如刀的目光凝視中，隨著彌賽亞的樂聲翩翩起舞……

近來他的身體已大不如從前了。從前，我會推著他的輪椅跟他跳舞，讓他一件一件慢慢卸下我身上的裝束，只留頸子上的銀項圈，他喜歡撫摸那冰冷光滑的金屬項圈嘴裡喃喃自語，他喜歡撫摸我身上最隱密的三角地帶，讓它流淌出汁液，許多次我任由他扭曲搥打我的四肢，在痛楚痠疼中體驗到喜悅的幻覺，我一點也不在意他下半身癱瘓陰莖始終鬆垮無力，我任由他以他所能得到快感的方式對待我，而我在這近似表演的儀式中得到釋放。

他像是照妖鏡，映照出最真實的我。

其實大部分的時間，我只是蜷縮在他的膝前，聞嗅他煙斗傳來好香的菸草味，輕聲地對他私語，我們緊緊依偎，相濡以沫，好快樂知道這世上孤寂的人還有我們倆互相安慰，一老一少，一個身體殘缺，一個靈魂破碎。

「我不是為了錢，你懂嗎？」

你抓住我的手說，我懂。你說：

「妳可以為我跳舞嗎？為另一個，殘缺又破碎的人。」

我願意。

有千分之一秒的時間我腦中閃過一念，我記起你的夢，突然明白你為什麼不能要我，原來你是個無能者，我想告訴你我不在乎，我不在乎你懂嗎？經過那麼多次的性愛之後，我好不容易遇見了你，我想要的是讓你深深地走進我心裡讓我重新拼湊那許多靈魂精美的碎片，再度完整。

然而我沒說。

我只能盡力為你舞蹈，跳得身體都流出血，直跳到天空裂開。在裂縫邊緣，一張熟悉的臉，忽明忽滅。

•

我帶著流血的身體來見他。他的住處宛如一座巨大的墓穴，他囚居在此，自得其樂。我走進這四周罩著黑絨布幔，燭光搖曳，瀰漫奇異馨香的洞窟，禁不住放聲大哭。

哥哥你為什麼放我一人讓我活得如此疲累？

他攤開我淌血的下體，伏下他的臉。我看見他晶亮的眼珠中反射出溫柔的血光，你聞，那腥甜的氣味，我也是個無能者你知道嗎？只能在淚水與體液中反覆摸索，誰也觸碰不著我生命的核心，那個部分已經蛀空了，剩下一個拳頭大的窟窿，黑幽幽的。

「誰讓妳如此憂傷？」

小鸞問我。現在我連做愛都沒有了快感。

「是我自己。」

我說。我張開口嘔吐起來，整個胃翻攪不止，我閉上眼睛任由自己吐個痛快。我可以將那些可怖醜惡悲哀的東西一次吐光嗎？

「小鹿，如果妳想要安定，我們可以結婚。」

他輕拍著我的背，然後誠懇地說。我要跟妳結婚。

真是瘋了，我們怎麼能結婚呢？親愛的小蠻。我所能付出的不過是混雜子宮剝裂物的經血而已，相識以來我們只是做愛比較瘋狂罷了，結婚好讓彼此發現對方都有揮之不去的噩夢嗎？然後互相折磨、直至毀滅嗎？

「我是來告別的。」

我說。時候到了，吸血的遊戲結束了。

我要終止一切無法使我饜足的遊戲，我不是不能愛，我也曾好深刻強烈地愛著某個人，因為太深沉的愛而困在往事裡，我的肉體自由穿梭在眾人之間，我的心卻仍固守在原地，動彈不得。

然而我終於又愛上你了，將我的心自古老遙遠的地方帶來，擺在你眼前。熱騰騰地。

「我想看看妳的身體。」

你說。已經第二十八天了，你只抱過我一次。

我穿著阿蕾特製的寬鬆長袍，裡面除了身體什麼都沒穿。

「不想聽故事了嗎？」

我邊說邊向你靠近。我緊貼著坐在籐椅上的你，乳房因你頭髮的摩擦而微微堅硬，說過可以不做愛但看見你還是想。

「摸我。」

我說。我緩緩把袍子往上提，逐漸露出小腿、膝蓋、大腿……

「我不是不愛你。我害怕。害怕極了。」

你發抖的雙手輕放在我的腿上，立刻像觸電一般彈開。我說，不要說話，我都明白。逐漸露出陰部、肚臍、我的乳房，我掀開整件袍子將你自頭頂罩住。布匹彷彿我的皮膜包裹了你。

你包含在我裡面。

時間靜止、凝固，然後倒退。你在逆流的時光中用力吸吮我的雙乳，我幾乎不能置信地享受你貪婪的肆虐，你的眼睛鼻子耳朵嘴唇舌頭牙齒彷彿散布在我身上，逐漸成為我身體的一部分，我雙手抱頭，激動時一根根拔扯自己的頭髮，在劇痛與狂喜中看見黑色髮絲紛紛墜落……我不禁懷疑這一切只是我的幻覺，是我過度飢渴產生的狂想……我掀開布幕必須看清你。

你真的在我眼前，頭髮凌亂，目光渙散，兩頰發紅，癡狂驚愕的神情如此清晰，你臉上濕漉漉的不知是眼淚還是口水，一片模糊。

我一把將你推倒在地，你還來不及抗拒我已剝光你的衣褲，你光潔赤裸的身體在我掌中，任我擺布。

我親吻你，從腳趾、腳掌、腳踝逐漸向上，猶如一場旅程。這雙腿曾跳躍在海面上，浪花撲打過，海水浸濡過，孤寂而悲傷地跳著屬於自己的舞蹈，而今在我手心在我嘴裡，我多麼愛它。

然後我看見你的陰莖，柔軟地在雙腿間瑟縮戰慄，它是那麼嬌小脆弱，像個嬰兒。我的撫愛也不能使它堅強，沒關係，不要驚慌，真正的愛是不會令人屈辱的。

我匍匐在地，朝它低俯，一口含住了它。

多麼柔軟、溫暖，像隨時要融化似地，我感覺它緩緩在我口中膨脹又迅速消退，復而膨脹，然後消退。

對我而言那都是真實的你，只要你能放心把自己向我張開，我就能體驗前所未有的高潮……真的，我的身體充滿了你，插不插入都不會改變我對你的愛。

「不要啊！」

你突然全身痙攣失聲嚎叫起來。頓時我嘴裡噴滿了熾熱的精液。

你繼續嚎叫著，久久久久，

那是我聽過，最悲哀的叫聲。

之二：有鹿的森林

我嚥下嘴裡的精液，濃稠的熱流緩緩滑下，那令人心碎的嚎叫持續著，我睜開眼睛想看你，卻看見哥哥的臉。

他確實哭了。
那是什麼時候呢？
我低下頭，胸前只有平坦的乳房，細細的汗毛，再往下，圓圓的肚腹，光潔的陰部散布幾根陰毛，兩隻細瘦的腿，腳上套著綴有蕾絲的白短襪，左腳踝掛著小小的粉紅色棉底褲……
「小鹿。」
誰在叫我？
他坐在床沿，是哥哥對吧！為什麼哭了呢？
怎麼回事？
我凝凍在那個時刻，仍有寒意的清晨，赤裸的身體不住地顫抖，哥哥的身體好熾熱，他雙腿之間生長出火燄般的小獸朝我張牙舞爪，我嘴裡充滿奇異的氣味，是哥哥的味道，我的心臟撲通撲通跳得好厲害。
「心如小鹿。」
哥哥是這麼說的。他說我還是嬰孩的時候他抱我在懷裡，整顆心突突亂撞彷彿要衝出體外。

「妳還是嬰兒的時候我就愛妳了。」

哥哥是這麼說的。

沒錯。終其一生，他受盡了這愛的折磨。

折磨至死。

心如小鹿，我初見你的時候也是如此。那些迷途的鹿兒又重回了森林，草地重新青綠，答答的蹄聲清脆地穿過耳際，那時我便知道，我又走回我生長的地方。

那有鹿的森林。我和哥哥相愛。

・

你走了。我驚嚇了你所以你走了嗎？

那個午後，我跌坐在冰涼的地板上，裸露的身體猶有你的體溫，嘴角涎下一絲精液風乾了，半透明的痕跡就這麼明白地掛著，而你倉皇失措地走了，走得那麼急切，地板遺下了一隻黑襪子。

我望著像狗的屍體一般的襪子發楞，喉嚨咕嚕嚕一次次嚥下口水，耳朵仍迴盪著你的嚎叫聲，為什麼呢？那時我突然地達到高潮，你卻如此悲哀地叫著，我正想擁抱你告訴你我頭一次這麼清楚自己的心，你卻用力推開我胡亂穿上衣服，奪門而出。

或許是我傷害了你？

深深地傷害了你，只因為我自己太過旺盛的性慾，因為我自作主張便揭開了你的祕密。

祕密。每個人都有權利捍衛自己最私密的部分，無論是寶藏，或是傷痕。

畢竟我還是侵犯了你。

但我不是為了性慾。

只是好想讓你聽聽那種清脆、慌亂、忐忑，隨時都會消散的蹄聲，是因為你而響起的，猶如嘆息般自心底升起的聲響。

「因為愛，所以心如小鹿。」

哥哥說。

是因為愛。

•

你不在了，畫鋪頓時失色許多，我拿走你放在窗檯花器底下的鑰匙，每天下午，依然走進這個畫鋪。

我對著曾經充滿你的空間說話，我必須告訴你許多事情，即使你不在了我還是得說，再不說，就遲了。

其實已經太遲了。

死去的人不會再遠離，也不能更靠近。

我無法再失去更多。

不能失去你。

我說。

一開始，我們便活在恐懼裡，三個人，在貧窮的微光中緊緊相依，悲傷而喜悅。

我總是不停地流血。

血色的印記在我初生的額頭，鐫下魔鬼的記號。

•

為了止住我那涓流不息的鼻血，媽媽耗盡了她全部的青春。

媽媽做各式各樣的加工，車鞋底、縫雨傘、織毛衣……家裡到處都堆滿了花花綠綠的傘布、毛線團，空氣裡飄揚著塑膠粉末和毛線絨球……及人參燉雞、當歸雞之類的中藥味。

真是災星，自小便虛弱多病的我幾乎是用和身高相當的鈔票，一張一張換取來的。哥哥只大我三歲，卻能燒飯煮菜做一切家務，國小六年級的他騎上爸爸留下的老舊機車，後座載滿加工成品奔波在工廠和藥鋪之間，而我什麼事也不做，下課時只能坐在教室看書，看著操場上奔跑談笑的同學們並不羨慕，只希望哥哥趕緊在窗口出現，摘一朵茉莉花給我，他的笑容比花更美。

夜裡夢見爸爸，他咳出一身的血，呢喃著說，沒救了，早就沒救了，一張臉像白紙似的，眼珠凸出來，布滿血絲，他拉住我的手，溫柔地說：

「小鹿陪爸爸走，爸爸就不寂寞了。」

我哆嗦著醒來，臉上一片冰涼，伸手一抹黏乎乎的，放進嘴裡舔舔，又鹹又腥。是血。

你知道麼？那時我們所恐懼的並不是貧窮，而是不知道貧窮將要把我們逼迫到什麼地方？

哥哥說，不要擔心小鹿我們永遠不會分開。

永不分離。

媽媽總說：

「哥哥去街上賒一隻雞。」

「哥哥去藥鋪賒幾兩人參鬚。」

「哥哥跟賣雞老王賒點雞腰子。」

……

哥哥說：

「老王說賒帳可以不過要媽媽自己去。」

我好討厭那沒完沒了的雞汁湯藥，更討厭賣雞的老王沒事老來家裡轉啊轉的，我猜想我的病如果不快點好起來，老王或許會把哥哥抓到菜場剁了、賣了。

結果，我們搬進了老王瀰漫雞屎味的屋子裡。

他娶了我媽媽。當晚，媽媽慘叫的聲音持續了一夜，哥哥抱著我牙齒格格作響，拳頭握出血絲，他說：

「早晚我會把他殺了。」

慾望和恐懼一直支配著我和哥哥，同時，也創造了我們。

慾望及恐懼。凝結成我們的血肉，在那瀰漫著雞屎和尿騷味的院落，我的身體逐漸豐腴，鮮美……

腐敗。

•

你走後，我讓時鐘停擺，停在六點四十四分，那一刻，我的記憶開始回流。

我仍每天來畫鋪坐幾個鐘頭，電話響了很多次，也有不少人來敲門，或把臉湊進玻璃窗往裡瞧，門縫下塞進許多郵件、報紙、傳單……我沒有理會那些，我所做的只是在這兒，靜靜坐著，與糾結的回憶對質，讓蜂擁而至那麼龐大的往事一點一點將我吞沒。肢解。

都來吧！真實的、虛幻的、美麗的、醜陋的、甜美的、腥臭的、相干不相干的排山倒海地來吧！早晚有這麼一天，是哥哥說的，我必須承受，如果不這樣做，到最後我會連骨灰都不剩的。

哥哥的骨灰。

你的骨灰。

任何人的。連一丁點都不會剩下。

•

「他走了。」

我告訴阿蕾。什麼時候她理了個大光頭，青青的頭皮閃著光芒，像月亮一樣。

「怎麼搞成這樣？」

她雙手放在我的頭頂，涼颼颼的。

我才知道原來鏡子裡光著頭的人是我自己。

「我不知道。」

小的時候有一次長了頭蝨，滿頭白花花的蟲子，教室裡沒有人要和我坐，老師叫我搬桌椅坐在最後頭，遠遠望去，每個人的頭髮都像海蛇一樣，美麗妖嬈。

我獨自坐在月球表面，空氣好稀薄。

「傻瓜，月球上沒有空氣。」

哥哥說的。他細心地為我用藥水洗頭髮，拿梳子一根一根梳掉頭蝨。

「我記得是長了頭蝨。癢得受不了。」

我說。哥哥和班上的男生打了一頓架。因為他們用火柴燒我頭髮，那種臭味我至今仍記得。

媽媽索性把我的頭髮全理光。

是因為頭蝨。我度過了好漫長的一年。

「到底在說什麼？亂七八糟的。」

有人大叫。是阿蕾。

亂七八糟的。真是的，為什麼會這樣我也不明白？

「總而言之他走了。被我嚇跑了。」

我說。這是真的。有人嚇跑。還有人嚇死了呢！

屍體漂浮在惡臭的水塘裡腫脹不堪。滿池子的酒味。好多年都不曾消散。

另一個吊在樹林裡。俊美非凡。那樹林沒有小鹿答答的蹄聲，只是到了傍晚有個女人坐在那兒哭。

一哭，樹葉就沙沙沙哼起歌來……

你呢？你會選擇哪種方式死去？

是那片海洋嗎？

我好累。

「為什麼弄成這副模樣才來找我。」

阿蕾說。我看見她的嘴唇抖動得好厲害，那是張好薄好柔軟的嘴唇，殷紅香甜的肌膚曾經多少次令我沉迷，如今它們頻頻顫抖，為什麼呢？

「我來吻妳。」

說完我便吻了她。我依稀還吸吮到當初她嘴唇的味道，是那種混合乳香和唾液及一點點菸臭的氣味吸引了我，她請我吃飯，隔著餐桌我不斷地聞嗅著，以至於無法完整地說完一個句子。我探過身湊到她的唇邊。

「妳好香。」

我也是說完就吻了她。剎時她滿臉通紅，連耳朵都紅得發燙。

後來她才告訴我那是女人下體的氣味。

原來如此。多麼嬌美！

再也沒有了。阿蕾，妳曾經讓我體驗了女人最神祕、珍貴的果實，讓我不自禁想隨妳到天涯海角任何地方，讓我以為自己終於找到棲息的巢穴，一頭鑽進那幽暗狹窄溫暖隧道就不願再出來……

「跟我走吧！哪兒都行。」

她不斷地說。聲音充滿了蠱惑的魅力。

再也不能了。阿蕾。

我已被往事攫獲，被沾滿血腥的枯骨纏住，無法掙脫。我必須回到開始的地方。安撫仍在哭泣的死者。

回到起點。如果真的有個起點的話。

吻我吧！阿蕾。世間最美麗的女人。

吻完之後就獨自去飛吧！不要再惦記在布匹中翻滾過的身軀，那個孩童身影的鬼魅了。

飛吧！越高遠越好。

走出阿蕾的工作室，我一路狂奔，然後回頭，看見黑暗的街道，只有那一座屋子，還綻放著光芒。

孤寂而美麗。

•

他是這世上和我最親密的人。永遠都是。

我們一同吃住、一起玩樂、一塊受苦，小時候他總幫我洗澡、穿衣服、梳頭、抱我上床，我們躺在床上聽著媽媽裁縫車達達達達的聲音，邊聊天直到入睡。

直到那個男人出現。

他不許我再和哥哥睡，更不許我們一起洗澡，媽媽在客廳擺了張小床讓我睡，哥哥則睡在塞滿貨物的倉庫。

漸漸地，我在洗澡間窗戶發現那男人充滿紅光的眼睛。夜裡也不斷被一隻粗糙多毛的手掌驚醒。

一隻餓狼。

他吞噬媽媽還不夠，還垂涎於我。

哥哥什麼都知道。

「我不會讓他動妳的，小鹿，必要時我會殺了他。」

「我會的。」

他們彼此憎恨，恨意之深連媽媽都覺得害怕，哥哥中學畢業她就要他去念軍校。

「待在這兒，他會打死你的。」

她說。其實她更怕的是哥哥會弄死那男人。她的身體已經無法再負擔更多折磨了。

「我不走。」

哥哥說。

他每天搭一個半小時的火車去念高中。他寫很多的詩。成績頂尖，是學校最出色的男孩。

「我會賺很多錢。然後帶妳走。」

我們有好多的計畫。

然後一個都來不及實現。

•

「我們好好聊聊吧！」

說話的人是老爺的兒子。他派人來找我，說有重要的事。

「我不認識你。」

我說。老爺說他那些兒女個個貪婪醜怪，成天就算計著他什麼時候死，好可以瓜分那些他年輕時豪取的錢財。

「我爸爸年紀大了，身體又不好。

「我知道妳一直在照顧他，好端端一個年輕漂亮小姐，這樣下去對誰都沒好處妳說是吧！

「錢的事妳不用擔心，聽說有些不動產已經過了妳的名字，我們兄妹的意思是怕妳處理不了……」

哎，擔心的人其實是他們啊！我想說，誰要那些鬼東西呢？連老爺都不要！可是你們也別想得到。

他們就擔心老爺一個神智不清把財產都送給了這可怕的小魔女手裡！難道他們手上掌握的還不夠多嗎？

「萬一哪天，嗯！妳知道的，總有一天……」

他囁嚅地說著，眼神甜得流膿，一隻油膩的手順勢就搭在我肩上。

噁心！

「誰都會死的，不過老爺肯定活得比我久，你別擔心。」

我說。他那僅剩的上半身比什麼人都頑強。

「妳別不知好歹！」

他大吼！隨即又掛上一張笑臉。

「我是說，人總要面對現實嘛！妳也得為自己打算一下。」

哎，我的打算是給你一巴掌，然後當眾把杯子往你臉上砸，再踹你一腳，懂嗎？

「別再來煩我了。再煩，你一毛錢都別想！」

在他的笑臉垮掉以前，我大步地離開了。

錢嘛！不過是為了錢。

當初也是為了錢才和賣雞老王結婚的嗎？

媽媽。

•

初經的那天。

是國小畢業的暑假，我和哥哥都在鞋廠打工。這點是媽媽萬萬也沒想到的，我們仍需自食其力，生活的艱辛比從前更加嚴重。

正在擦拭鞋模的時候，忽然感到下腹陣陣脹痛，某種潮熱的液體緩緩自腿間湧出，我衝進洗手間，脫下褲子，差點嚇昏過去。

一攤血水。

我完全昏亂，拉著哥哥的手就往外衝，說不出話來，直衝回家，他都嚇壞了。

「我要死了。」

我拿著沾滿血水的內褲給他看，血水仍止不住，一點一滴沿著大腿內側下滑……

「小鹿！別怕。」

他大叫。用手使勁擦拭我的下體，我又疼痛又歡喜，前所未有的快感朝我來襲……

許久許久，他的手一直摩擦著我，瀕臨死亡的邊緣，我流下了眼淚，是漲滿幸福的淚水。

後來，他才告訴我，那是經血。

我已經長成了一個少女，流過血的花蕾倏地就綻放出花朵。那麼快速地成熟。就快要凋落。

・

「老爺，小鹿來了。」

我走進那幢華麗的房邸，穿過無數緊掩的房門，來到老爺的面前，下午三點鐘，外面仍有明亮的陽光，而這裡陰暗濕冷，垂下厚重的窗簾，老爺像睡在自己的墳墓裡。

「我找不到妳。」

他虛弱地說。管家說老爺這個月來進了兩次醫院，像變了個人似的，幾乎不肯進食，藥也不吃，連平日大聲叫罵人的暴躁脾氣也沒有了……從前我一個星期至少來陪他兩次，自從你走後我竟把老爺遺忘了……我真該死。

「不怕不怕，小鹿在這兒。」

我抓起他骨瘦如柴的手，在臉頰上磨蹭，心裡突然一陣驚慌。認識老爺近十年以來，其實一直都依賴著他，雖然生病的人是他，但我的人生卻比他更不真實，老爺終於也要離開我了嗎？是我對他失約失信，是我將他孤零零一人拋下，使他完全失去求生意志的嗎？

「最近常常想起剛看到妳的時候。」

老爺吸吮著我的指頭，記憶的河流湧現。那時，媽媽剛去世，我高中念了一年就輟學，寄住在城裡的舅舅家，舅媽是醫院的清潔婦，她總帶著我到醫院當雜工，負責傾倒每個病房的垃圾、尿壺、洗刷廁所。我在醫院看過無數的人臨終、病危、死去，逐漸習慣死亡。

第一次見面，我被老爺扔出的鐵盤擊中，昏了。

他原本是個精壯的大漢，車禍後下半身癱瘓，性格暴戾，總是對護士、醫生大呼小叫，還經常動手打人，摔東西。不過他實在是有錢有勢，院方也奈何不了他。

「還痛不痛？」

老爺輕撫我左額頂端一個細小的疤痕。真傻，都過了那麼久怎麼會痛。我還記得那電光石火的片刻，我腦中浮現的是哥哥赤裸的身體，他伸手要抓我，只差一點點就抓住了。

「如果不是那個鐵盤子，怎能認識你呢？」

我笑了。後來舅媽趁機訛詐老爺不少錢，傷好之後才知道老爺以極高的價錢雇我當他的看護，我十六歲，住進了老爺城堡一般的莊園。

名義上我是他的養女，我的年紀卻比他的孫女還小，而實際上，我是他隱祕的愛人，是他以精液、血汗豢養的小寵物。

我繼續回到學校上學，下課後還有三個老師來教我英文、法文和繪畫。夜裡，我經常溜進老爺像船一樣大的床鋪，撫慰他幾近熄滅的軀體。

我們用毒素彼此餵養。我們進行著世人認為最醜惡的關係，內心卻比誰都純潔。

「沒有見妳最後一眼，我捨不得死。」

老爺說。我為他點上雪茄，一人一口，輪流吸食。多年來總是如此，各種香菸、雪茄，甚至大麻，我在老爺的調教之下可以閉上眼睛憑著氣味分辨它們的品牌。

那夜，我們倒敘自己的人生。

層層相疊，我陪伴他走完最後的路途。

•

你在哪裡呢？我在老爺的身邊。

我們像往常那樣聽唱片，偌大的房間裡瀰漫肉體逐漸腐敗的氣味，音樂緩緩流淌，我們如此平靜，滑向生命的末梢。

「我想再看妳跳舞。」

老爺說。好的好的，親愛的老爺，我尊嚴的父親、私密的愛人、柔弱的孩子，我願意一直為你舞蹈，這一次，沒有那些性感的裝束，不需要音樂，只有你的目光，讓我穿過你的眼睛望向自己，我輕易就卸下所有的衣物，像嬰兒那般光潔無瑕，拿出你愛喝的威士忌，整瓶從頭頂澆下，讓酒液彷彿你的手掌滑過全身，我激烈起舞，直至癲狂。

你在哪裡呢？你看見我的舞蹈了嗎？

「殺了我吧！」

「唯有死在妳手裡我才能感到幸福。」

老爺突然抓住我正舞動的手臂，大聲哀求我，所有的動作都停住，時間暫停。

「求妳！別讓我死在陌生人的手裡。」

「我不要再如此孤寂地活。」

老爺再求我。他的臉只剩皮包骨了，緊緊縮成一小團，只有眼珠子還光閃閃地透露無比的亢奮和恐懼。

我俯身吻了他。死神從我耳畔飄過，叫喚了我的名字。我知道，這件事非我不可。

「是妳給了我十年美好的歲月。夠了。」

「時間到了。讓我解脫吧！」

老爺說。是的，時間到了，再拖下去連最後的尊嚴都保全不了，況且，我再也沒有任何力氣可以看顧他了。

「妳是我唯一的牽掛。」

他慢慢垂下眼皮，吐出一口氣。雙手抱胸。

「放心地去吧！小鹿會勇敢活下去的。」

我把內褲覆蓋在他臉上，拿起枕頭，整個將他蒙住。

一陣掙扎輕微地過去。一陣。一陣。又一陣。

完全過去了。

他終於達到幸福的顛峰。

我筋疲力竭倒臥在他身上。不自覺尿濕了。

我親手將他推進通往平靜的那扇門。

他走進去了。

我自己呢？終究只剩下我自己了。而我還不能停止。

不能停止找尋你。

・

為什麼愛你呢？我自己也不知道。正如我不明白哥哥對我的愛，為什麼愛到非死不可呢？

其實你們沒有一點兒相似，哥哥永遠都停在十八歲那種青春俊美，而你的靈魂比老爺還蒼老。

我要告訴你一件事。

當我還是孩子的時候，我和哥哥就很親密了。他和我一起洗澡，在小小的澡盆裡，在水中，吻遍彼此身體的每一個部分，事情是那麼自然就發生了……幾乎只要我們可以單獨相處，我們的身體就離不開對方，用很長的時間親吻、撫摸、擁抱，我們把眼睛、鼻子、耳朵、嘴巴、乳頭、性器、肛門……每一個器官都取了好玩的名字，像扮家家酒一樣把它們安排角色，為它們搬演故事。

老王娶了媽媽之後，我們彷彿被隔離了，媽媽似乎也察覺我們過分的親近而刻意疏離我們……直到哥哥高一，我國一，我們才明白了原來那是愛情，而我們一直渴望著的，就是性。性交，及彼此的性命。

有一個夜裡，我偷偷溜進哥哥睡的倉庫。那時我好怕，因為老王又趁機到客廳來偷脫我的褲子，我咬了他一大口，迅速衝到倉庫敲門。

哥哥來開門的時候沒有穿褲子。好久了，我不曾再看見哥哥的身體，他改變了很多，他長大了。

「小鹿來。」

哥哥拉住我的手，我們一起坐在床邊。我的眼睛離不開他腿間那奇異的東西，聽不清楚哥哥正在說什麼，我不由自主地伸手握住了它，它在我手中漸漸膨脹、堅硬，微微抖動。

「不行，小鹿，妳碰我我會受不了的。」

哥哥撥開我的手，滿臉通紅。

「以前不是可以嗎？」

我說。然後我脫掉我的上衣、我的褲子，那時我連乳房都還沒有吧！比同年齡的同學都瘦小，發育不良。我一腳脫下內褲，另一腳還掛著它。

時間一分一秒過去，他只是望著我。我好懷念過去那些相親相愛的日子啊！我渴望著成為哥哥懷裡的小娃娃任他擺弄，而我像爬山一樣橫越他整座身軀，緊緊纏繞著他的時候體內感到無盡的溫暖舒適。

「妳不懂，這是罪惡。」

哥哥說。

「我每天晚上都一邊想念妳一邊手淫，已經好久了，這是罪惡，我不能害妳。」

他的臉從紅轉白，然後發青，緊緊咬著嘴唇。

什麼是手淫呢？我想問他，為什麼是罪惡呢？我說不出話來，突然間彎下腰來伏在他腿上，含住了他的陰莖，使勁地吸吮，像從前他吸吮我的舌頭那樣……真的好美啊！哥哥，怎麼會有罪呢？

「小鹿。小鹿小鹿……」

「不要啊！」

他一直叫喚著我的名字，然後像你那樣嚎叫起來……

那是第一次。

他射精在我嘴裡。

之後嚎啕大哭。

那時他十六歲，我才十三歲。你現在明白了嗎？我在還想吃糖的年紀就嘗盡了禁忌甜美的果子……他是我最愛的人啊！為什麼我難以自抑的熱情卻燒毀了他？

其實我別無選擇。

之後，我像著魔似地一再推開他的門，將臉伏下，在他的身體裡游移、摸索。白日，哥哥仍是勤勞、乖巧用功的好孩子，夜裡，他像病了一般，一張白皙的臉在黑暗中仰望我，裸裎的身體顯得好脆弱，我像媽媽一樣照料他，以小小的乳房餵食他，伸出瘦瘦的手掌緩緩撫弄他。

「小鹿，妳不明白。」

哥哥說。許多次他欲言又止，將我整個抱起，捧在懷裡絕望地吻我。

「妳不明白我的恐懼。」

「是什麼讓哥哥害怕呢？」

我說。我像過早成熟的花蕾，穿著太寬鬆的學生制服，臉蛋只有一個巴掌大，卻已經有男孩子愛慕我了，在校門口等待，在放學途中匆忙塞情書到我手裡，還有那滿身雞屎酒臭的老王，像餓狼涎著口沫眼睛隨著四處打轉……

「總有一天妳會長大。」

哥哥撫摸我瘦弱得彷彿一碰就斷的手腕，突然好用力咬了一口。

「等妳長大就會要男人，其他的男人，不止一個，妳會迷失在愛情中，妳的身體會向別人張開。妳不會拒絕。」

「我不要男人，只要你。」

我說。我在他肩上更用力回咬了一大口，血絲都滲出來了。

「會的。性像是含毒的果子，妳吃一口就上癮了。」

哥哥說。那時我還什麼都不明白，只曉得要吻他，吸吮他，但我又隱隱曉得，在我的身體裡有一個缺口，如此憂傷，一直期待他的填補但他總是不肯，我經常熾熱而疼痛，當他的手指滑向那兒就忍不住呻吟起來……

「哥哥給我吧！每一次都給我。」

我抓起他的手放在我潮濕的地方，他像觸電似地急忙要抽回，但我不肯。死命按住他。

「不行。這樣我們會下地獄的。」

哥哥混身發抖，牙齒格格打顫。

我將他推倒，慢慢騎上他的腿，向上，再向上，張開我憂傷的缺口，朝向他生命的核心，讓他一下子把我刺穿，完全充滿。

「讓我們一起下地獄吧！」

我大叫著。

在劇痛和狂喜的交界，我才明白，今後，我會不斷地向他索取，直到，死亡來臨。

‧

是我和哥哥聯手殺死了那個男人。

第一次做愛之後，哥哥便把房門上了鎖。他是那麼刻意地躲避我，連眼睛都不敢看我。大約兩個月的時間，我一直病著，高燒不退，夢魘連連，媽媽都嚇壞了，吃藥、打針、求神問卜都不見效，我知道只要哥哥一個親吻我就會痊癒，然而他沒有。

睡夢中有人抱起了我，我好高興以為是哥哥，但馬上就從氣味判斷不是，睜開眼睛便看見老王醜陋汙穢的臉。

好冷，他抱起我飛快地跑，他醉得厲害，不顧我的哀求和掙扎，穿過樹林，來到池塘邊。

他把我扔在草叢裡，衣褲全被他撕破，他一邊解開褲帶，一邊訕笑。

「妳早晚是我的，我才捨不得妳先給別人用了。」

「哥哥！」

我大聲叫嚷，可是沒用，哥哥不來。我知道這次完了。逃不掉了。就在我放棄掙扎，決心要投降的時候，聽見了哥哥的聲音。

「你這個魔鬼！」

我甚至記不清事情是怎樣發生的，等我恢復神智的時候，男人已經不見了，只看見哥哥滿臉是血，他脫下身上的外套包裹著我。

「別怕，小鹿，哥哥來了。」

我吻他。他不再拒絕。

在那濕涼的草地上，當老王逐漸沒入泥水中，終於斷了氣時，我和哥哥做了愛。

之後無數次。我們做愛。

三天後老王的屍體才從池塘裡打撈起來。

村子裡的人似乎都鬆了口氣，連他的死因都不想探究。

只有媽媽，她看我們的眼神充滿了憂慮。

我們是那麼拚命地找機會單獨相處，在倉庫裡，在草堆，在樹林中，在田埂上，在學校的假山後……

一次又一次，怕來不及似地，隨處交歡。

連性命都不要了。

那時起，哥哥便說我是他的色情天使，他說這一生都不願跟我分開，他說：

「即使下地獄我也不會放開妳。」

為什麼？為什麼最後我還是失去了他。

你走了多久呢？後來我也不再去你的畫鋪，鎮日裡只是自言自語，四處晃蕩。

我還剩下什麼呢？我所愛的每個人都死了，接二連三的，都是因為我才死的，為什麼我還要繼續活著呢？

不是性的錯。

你知道嗎？這麼多年來，我像哥哥預言的那樣，需索無度地周遊在男人女人之中，以性愛來填補我心中無盡的虛空，你曾經問我：

「這樣做就會快樂嗎？」

快樂嗎？我不知道，快樂太遙遠了，記憶中只有和哥哥做愛是真正地快樂，而那種快樂已經隨著哥哥的屍體埋葬了，一天一天逐漸在泥土中腐朽、分解……

當我第一眼看見你，就忍不住想捕捉你，跟隨你，然而我沒有動作，動彈不得是因為那瞬間的震撼開啟了我原本已為了哥哥而完全封閉的心。我不能做到不和其他人性交，唯一能為哥哥保留的就是那座有鹿的森林，那只屬於我和他居住的樂園，我是自願將自己囚禁的，天上人間，我和他各據一方，我答應過要為他活下來，卻活得毫無現實感……而你再度出現在阿蕾的工作室，我便不能再退縮，無論你是怎樣的人，殘缺？無能？冷感？絕情？我都不在乎，因為你的來臨，我終於重回那蹄聲答答的森林，終於，能再次奔跑。

回來吧！讓我們重頭來過。

•

我買下你的畫鋪，用的是老爺留給我的錢。

沒想到你的前妻是那麼出色的女人！透過阿蕾聯絡上她，她說你走後打過電話給她，你說：

「那些東西我統統不要了。店妳收回去吧。」

如果我一直癡心地守在畫鋪，不久後迎接的也只是新的店主吧！你的前妻說：

「我原本就打算把店送給他了，可是他是個特別固執的人喔！結婚三年我已經領教夠了。」

在她布置得好現代化的建築事務所裡，我們像交換心得似地談論你的過去。

「我們也算是金童玉女了！認識他的時候他還被視為畫壇最有前途的新秀呢！而我在建築界也正要大顯身手。當初要結婚也算是萬方矚目，天作之合啦！

「可惜，他這個人實在太不切實際了，大把大把的鈔票放在面前他都看不見，成天只想著沒頭沒腦的主意。膽小又自閉，我說什麼也聽不進去。

「而且，結婚沒多久他就不行了，三年吧！我像守活寡似的，並不是我嫌棄他無能，反而像是我沒魅力似的，他就是有那種本事，明明是他不正常，卻讓跟他在一起的人以為自己有問題……那種情況，哎，我是後來遇到他以前的女朋友才知道，他對誰都那樣！像烏龜一樣，只會把腦袋往殼裡縮，任誰在外面敲鑼打鼓也沒用！

「我是真的受不了才跟他離婚的，那時候的我，成天哭，一點自信都沒有，工作也不如意……奇怪的是離婚後什麼都一帆風順，和他相處得比從前還好，話也多了……

「他來找過我幾次，提起妳，我還以為這次他終於想通了，沒想到他竟來個溜之大吉，比從前更過分！」

我看著她，口齒犀利，神采飛揚，很難想像她成天哭泣的樣子，某些角度看她跟阿蕾還真有點神似，她們都是有魅力、出色而且會成功的人喔！而我和你一樣，我們存在的世界實在太陰暗又渺小了，對別人來說都太自私，太不公平了。

「我要等他回來。除非見到他，否則我什麼地方也去不了。」

我說。是真的，逃離這兒，我又能去哪裡呢？這裡有你的畫，有你遺留的衣物、器具和你的身影氣味。

「是啊！照他的說法，你們才是同一類的，你們都是『背負著自己的地獄在生活的』，不過，如果妳一直像他那麼封閉，等到他又怎樣？你們兩個湊在一起，剛好把彼此都毀掉，一起去跳海自殺算了！」

她說。

不是這樣的，我留在這裡不是為了把你毀掉的，真的！這裡是我出發的地方，等你回來就會明白，你的色情天使不只是夢境而已，是我，一個活生生的，比你更勇敢無懼的小鹿，在這裡，我開始活出三個人的生命，為你，為死去的哥哥，為孤寂的老爺……我背負的不是地獄，而是脫離地獄的道路。

「色情天使」，從此它是一家咖啡店兼畫廊的名字，阿蕾和你的前妻一同裝潢設計的，而我主持，它將成為呼喚你的聲音，是一種象徵。

象徵我們充滿苦難的一生，而那苦難終會過去，會結束，我遺留下來。

為你做見證。

•

多年之後我仍無法相信哥哥死了。雖然我曾經親眼目睹他枯枝般的屍體懸掛在樹林中隨風擺盪，也曾跟著稀落的送葬行列步行至山頭，看著一身素白的媽媽匐匍在地幾近昏厥地嚎哭……我依然不能相信他就這樣拋下了我，就這樣一言不發地離去。

我情願他只是不要我了，只是遠遠走開，去尋找另一種生活。而不是這般天人永隔。

美好的事物總是不能長久，是哥哥說的，每一次都是最後一次，我們以同樣的心情唯恐來不及似地瘋狂去愛。

逐漸地，我在鏡中看見自己的蛻變。哥哥說：

「妳是經由愛撫和親吻雕塑成的女人。」

是的，我還不滿十五歲，當同學們都忙著補習、聯考時，我正在戀愛，個子迅速抽長，身形豐滿、圓潤，短短一年的時間，我由一個孩子成熟為女人，是因為哥哥。老王死後他辦了休學，白天和媽媽在市場賣水果，晚上用來寫詩以及愛我，他以優美的詩句餵養我的靈魂，他用俊美的青春滋潤我的肉體，而且，我開始感覺到體內有另一個生命在悄悄生長。我明白自己有孩子了。

起初媽媽發現我食量大得驚人，身材也日漸豐腴，我總是推說自己正在發育，而且功課壓力大，體力消耗太多……她雖然半信半疑，也被我矇騙過去。我不知道要不要告訴哥哥？月經有三次沒來他也知道，他還以為我是生理不調和催我去看醫生呢！

有一天晚上，我和哥哥半夜在倉庫做愛時他對我說：

「妳這麼美麗真令人擔心。」

「擔心什麼呢？」

「擔心妳長大之後總會想要嫁人，生孩子。我也知道村子裡許多人在追妳，星期日早上妳到市場來幫忙生意總是特別好，很多男人都在打聽妳……」

我想說，我只想嫁給哥哥啊！況且我已經懷了哥哥的孩子。

「我已經是哥哥的妻子了啊！不會再嫁人了。」

我說。我撫摸自己略略隆起的小腹，不禁幻想哥哥抱著小孩逗他玩的樣子，心裡升起好甜蜜的感動。

哥哥愛憐地搓揉我的頭髮，雙手捧起我的臉嘆息地說：

「傻孩子，我們是不能結婚的。」

「為什麼不能？我已經有你的孩子了啊！」

我不禁脫口而出。

「妳說什麼？妳只是個小孩怎麼會有孩子呢？」

他像被電到似地彈跳起來。看見他恐懼驚慌的樣子，我才明白，我的孩子是不被祝福的。

就在哥哥仍驚慌失措不知該如何處理時，我原想說沒關係，我們一起逃走吧，門突然被打開了，是媽媽。

至今我仍記得她那充滿悲戚與驚恐的表情，我們一定把她傷得好重。

「你們這樣是要我去死嗎？」

她拿著掃把一邊打我們一邊哭喊。

她說村裡早就傳得很難聽，很多人都看見我和哥哥到處亂搞，還說我是妖精投胎一天到晚勾引村裡的男人搞得大家雞犬不寧……她說別人怎麼說她都不肯相信，沒想到竟讓她親眼看見了。她逼問哥哥我是不是真的懷孕了哥哥說他也不知道，我大聲說我不管我一定要把孩子生下來，她拿起掃把用力敲打我的肚子叫罵說：

「妳這個白癡，妳想生個妖怪出來嚇人嗎？我沒有生頭腦給妳嗎？……」

我昏厥過去，不能相信自己真的做錯了事，不相信我和哥哥的孩子會是妖怪。不會不會不會的……

．

我被媽媽綁在板凳上，她硬灌我喝下好苦的湯藥，然後拿木棍搥打我的肚子，我死命地掙扎，肚子的劇痛使我哀嚎痛哭，媽媽流著淚說：

「忍耐一下，孩子打掉就沒事了。」

哥哥跪在一旁把頭用力在地上撞出好大聲響。我看見血水自下體湧出，知道孩子保不住了……我昏了過去。

我病得很重，而且失去求生意志，哥哥不斷安慰我，求我原諒他，但我不能，我怨他不該殺了我的孩子，我說讓我死吧沒有了孩子我情願死……我忘卻哥哥內心的痛楚其實更甚於我，我一心只想著我的孩子……

我在床上躺了很多天，有天晚上哥哥到房裡來陪我，我在昏睡中感覺他濕軟的嘴唇不斷親吻著我的身體，嘴裡呢喃著我的名字，他伸出手指滑進我的體內來回抽動，一邊撫弄我一邊自慰，他的臉上有奇異的微笑，我想問他笑什麼他吻住我的嘴不讓我說話，射精的時候他趴在我耳邊輕聲說了一句話，他說：

「妳一定要為我好好活下去。」

我不明白他的意思，卻昏睡過去。

第二天中午媽媽叫醒我她說哥哥不見了，說他一定跑了。我不相信，他不會扔下小鹿自己走的，我要去找他。

拖著虛弱的身子到處找他，最後在我們經常做愛的樹林裡發現了他。

我的哥哥，他用麻繩將自己掛在樹枝上，像一片枯葉。

哥哥！我想大叫但叫不出聲音，我一直望著他吊在空中的身體，感覺好奇怪，他的頭低垂眼睛圓睜看著我，我脖子好痠疼，感覺他像要告訴我什麼我卻聽不清楚，怎麼回事呢？

我彷彿仍感覺他手指在我體內移動，動作那麼輕柔，似乎在找尋什麼？是什麼呢？他說，妳一定要為我好好活下去。

剎那間我才明白，他已經死了。

・

關於有鹿的森林，我已經都說完了，換你了，你跟那座海洋的故事呢？你什麼時候回來告訴我？我將一直等待著你知道嗎？

我不會再讓任何身邊的人死去，我不許。

我的額頭有著你的記號，愛的記號，天涯海角你都逃不開我。

遠遠地，有人望著這邊，木頭招牌上寫著「色情天使」四個大字，那人緩緩向我走來，是你嗎？我不知道，但我走向前去。

我不停向前走去，走去。

而雨已經開始下了。

夢遊1994

時間是一九九四年二月，我開始害怕作夢。

從前不是這樣的。對我而言夢猶如奇異的珍寶，自孩提時代發覺入睡後那個神奇多彩的世界，我便沉迷於對夢境的咀嚼、回味、思索，甚而記錄，每日睡醒後第一件事便是抓起枕邊的紙筆，唯恐遺漏了似地，飛快地書寫方才的夢境……夢是我最私密的朋友，我不斷與它私語、對話，從中聆聽自己的夢想、幻境……潛意識。

如此，對於清醒後的世界，反而恍惚。

那天醒來之後，發現自己哭了，再無法迫不及待地書寫昨夜的夢境。至此我才突然驚覺，這許多年來不斷重複的某個夢境，週期已從半年一次、五個月一次、四個月……三個月……，縮短成半個月，甚至七、八天一次。

一次一次地，它愈來愈逼近我。只剩下一根手指的距離。

我望著自己不自覺伸出的食指，嘆了一口氣。

哎，是關於她的夢沒錯。是那個叫慶的女孩。

離開那個屋子之後，我進了大學，如預期般成為受歡迎、寵愛的活躍分子。

直到一九九〇年，大學三年級，因為主持校內的電影研究社團結識了拍攝實驗短片的男人L，基於對他收藏豐富的影片與俊美肉體的迷戀，搬進了他連一扇窗子也無的地下洞窟。穿上他說好神祕性感的手染衣裙、皮涼鞋，長髮及腰染成紅褐色，翻滾在滿地的膠捲分鏡圖紙中成為他靈感的泉源……那時有好多男人追求我……而我只仰慕他的天才和憂悒氣質。

我的夢往往成為他筆下的素材。

一夜我作了夢。夢中我和L騎著破舊的偉士牌機車，照例每週一次到某座山上拍照。山是藍的，天是藍的，連樹都是半透明的藍，許多時候我的夢是單色的，然而這麼清晰的全部藍色則是頭一次。

一個約十五、六歲的少女跑到路中央攔下我們的車，她伸手指指十公尺外的路旁，一輛藍灰色福特車停著，或許是拋錨了，我們隨著少女走向車子，我看見前面打開的引擎蓋，有人低頭正在修理什麼，我正要問發生什麼事了需要幫忙嗎？……那人一抬起頭，我就呆了。

是她。

像從我記憶的墳場突然爬出來的木乃伊似的，沒有一點損壞，甚至比當初更清晰的她的臉，超大特寫鏡頭落在我眼中。

「等妳很久了，好辛苦啊！」

她對我說。

怎麼回事？

我整個人像通了電似地抖動不已，一股熱流自咽喉竄向頭頂，她伸出手掌放在我的額頭，某種細小的、尖銳的物體瞬間射入我的腦葉。

我因劇痛而醒來。

我醒來，睜開眼睛，男人赤裸的身體好巨大地飄浮在我的上方。

「作噩夢了嗎？快點告訴我內容。」

他說。多毛的臉孔在陰暗中不停地搖晃……我看見一吋一吋的膠紙像毛蟲爬滿他的身體……正要爬向我……

禁不住哇的一聲哭出來。

•

隔天清晨我來到當年和她居住的屋子。

當然，她早就不在了。整幢大樓都消失變成了大型的超級市場。

我跑遍了附近的幾家撞球場、電玩店，當時她在這一帶可真是叱吒風雲的人物，如今她的名字就像彈珠汽水一樣，對那些少男少女只是個模糊遙遠的歷史名詞而已。

我試著打電話到她的老家，她爸爸說：

「我們這裡沒有這個人。」

我說伯父我是×××小時候你還送過我一輛腳踏車那個啊你不記得了嗎？……嘟嘟嘟……電話斷了。

幾個共同的朋友不是搬家就是嫁人了，好不容易找到的也只顧著說：

「唉呀真是好久不見了哪天到家裡來坐坐……」

「很久沒她的消息囉！連妳都不知道我怎麼會知道嘛……」

曾經令多少女孩心碎、瘋狂，曾經在眾多飛仔口中譽為傳奇英雄，曾經收留過十隻狗、八隻貓和九個離家男女的，說起來每個人都要豎起大拇指的慶。

不過才四年的光景，已從眾人記憶中消失。

連我，都幾乎忘卻了她的一切。

持續兩天的搜尋無果之後，我放棄了。

我收拾好衣物，一刀剪去乾澀枯黃的亂髮。

離開了L。忘光了那個夢。

•

之後，那個藍色的夢就像國定假日，每隔半年，便準時出現了，地點不同，情節卻相似。

起初，我總在驚醒後錯愕不已，接著便發瘋似地找尋她的下落，漫無目的地在昔日的街道上遊走，披頭散髮渾渾噩噩度過幾天。然後搬家，和某個男人分手。

繼續活著。

後來，一切都得歸功於我鉅細靡遺的日記，漸漸地我像適應月經來潮一般，逐漸習慣那夢給我的震驚和騷動，逐漸能在醒來後像沒事一樣繼續我的課業、生活和戀愛。

到了大學畢業那個夏天。藍色時代的夢結束了，正式進入白色恐怖時期。

•

我一身雪白走進白色的建築物，只有廊柱毫無隔間的廣大空間，四周是白花花的噴泉水簾，無數赤身裸體的女子唱歌笑鬧著，我走向彷彿舞台般的乳白色大型木箱，台上的她一襲白袍，在眾多女子簇擁下，笑得燦爛如花。

我在水簾中穿梭，身體一遍一遍濕透然後乾掉再濕透，那麼多女孩的呻吟叫鬧惹得我心蕩神馳，她一聲接一聲的狂笑嘆息都讓我受傷。許多次她擁吻著某個女孩，卻抬起頭對我微笑，口中叫喚的是我的小名。

我拚命走著跑著卻走不出那其實毫無遮蔽的建築，我無論如何轉身低頭卻一直看見她的臉。

我在這裡做什麼呢？那不是屬於我的世界啊！她既不對我言語也不擁抱我，我為何仍在這兒徘徊？

真是種折磨。

在那迴旋不已的折磨過程中，我明白了自己的慾望。

我慾望與恐懼的源頭，一直是她。是吧！否則怎麼會讓我的身體如此乾涸火燙，淚眼婆娑，滿心企盼著下一次，下一次她愛撫擁吻的人就是我。

「準備好了嗎？」

過了幾世紀那麼久的煎熬，屋內的女人一個接一個消失，舉目望去只剩下她和我。她說：

「準備好了嗎？」

我好用力地使勁點頭，隨即迅速撲向她。

終於輪到我了嗎？

像一頭撞進雲堆裡，我往無盡的潔白柔軟中墜落……

醒來時頭整個埋進了撕開的枕頭絨毛中。

竟然是夢，我簡直不敢相信。

那麼逼真，那麼折騰，那麼長久，筋疲力盡等待的結果是塞了滿嘴的絨毛後醒來。

噹噹噹，掛鐘響了三下，我醒在全然的黑暗中。

束手無措。

我努力想再進入夢中，繼續和慶真正地纏綿。

卻無論如何也睡不著。睜著痠痛的眼睛直到天明。

這一次，哭都哭不出來。

•

那段時間，我認識了一個豪爽率真的女孩S，迅速地墜入情網。

「不是性別的問題。」

我大聲地對女孩說，為了更進一步證明我的決心還寫了一篇小說。

我那麼輕易地就進入了女子間的親愛繾綣，熟練得彷彿箇中高手。

我以為痛苦、自責、內疚、矛盾終於過去。

在那篇小說中，我將結局寫得成熟而光明，養貓的女孩終於坦然接受自己是 lesbian 的事實，並且找回了那酷似男孩的愛人，既沒有誰去變性，也不再害怕看見對方的裸體。

慶，這就是我的心聲啊！聽見了嗎？

我是真的這樣想。好幾個月的時間，我和我的愛人都好快樂，我寫小說她畫畫，心智的交流、肉體的融合，搭配得完美無缺，好幾次都幸福得要掉下眼淚。

我望著那神似慶的臉龐，暗自欣喜多年前的遺憾終於得償。我如此眷戀，加倍地寵溺她平板細長的身材，撫平了從前未曾看過慶的身體，一再拒絕她的愛撫，那樣的傷口。

這樣還不夠嗎？

五個月之後，我又作了那夢。

「準備好了嗎？」

她說。我用力點點我的頭，一頭栽進她浩瀚如海的懷抱……慶，真正地擁抱我吧！這就是我想要的。

而後醒來。

我望著女孩童稚的睡容，心如刀割，至此才明白她一直成了慶的替身。我仍是當初不敢面對現實的女人。我輕輕地掩上房門，心裡那麼明白，完了，我知道，一切又得重頭再來，所有的努力都是無用。

然而我好怕。我還有多少力氣重來呢？

五個月之後是四個月，然後三個月、二個月……那無比可怖的夢境週期逐漸縮短，內容更加繁複。

深重的無力感將我團團圍住。

封死。

•

她到底在哪兒呢？恨我嗎？愛我嗎？記得我嗎？

究竟想告訴我什麼呢？到底想要我怎麼做？

沒有答案。沒有誰能回答我。

毫無辦法。只有攤平四肢、閉上雙眼，任憑一個糾結的夢境將我捆住、卡死，然後吞沒。

我不再苦苦尋找她，不再和誰盲目地熱戀，所做的事就是工作和看電影。睡不著的夜晚就把日記攤開，拼湊多年來的夢境成為一篇篇無用的小說。

靜靜地等待那夢如期地來臨。

如期地，一再將我驚醒。

日子一天一天過去，我竟連這樣的生活都能適應。

白天我在錄影帶出租店工作，大量地反覆看著各式各樣的電影，那樣的過程多像作夢啊！我如此專注於別人製造出來的夢境，如癡如狂，逐漸地遺忘自己糾纏不清的夢……

只剩一團巨大的白色霧氣，均勻地，籠罩在意識的最底層。

我因為忙著把日記改寫成小說，以至於忘了用日記寫下我的夢境。

忘了也好。真的。能忘光了最好。

•

一九九四年一月，因著某種機緣，有出版社願意將我的小說結集出書，而在錄影帶店隔壁開花店的男人，憑著照顧花草特殊的耐心也些微地觸動了我，我們維持著某種植物性的關係，吃飯聊天逛書店，頂多是牽手。

喝下他調製的一種花茶之後，睡得也出奇地香甜。

可惜好景不常。當我第一次留在他的住處等他，不自覺昏睡之後，作了個金黃色的夢。那是在二月。

夢境開始有了奇異的轉變。

傍晚時分，我被陽光吵醒，隨意打開一扇窗子，她便隨著金黃色光芒翩翩而至。

只她一人，金色的短髮像光圈頂在頭上，面容光潔恍若嬰孩，她對我微笑，有點傷感似的笑容一直是她吸引人的第一印象。她說：

「妳好美。」

我知道我現在不美，頭髮禿了大半，而且滿臉皺紋，小腹也凸得離譜，她仍是少女而我已然衰老。

「我不能再失去妳了。」

我說。真的，很久以前就知道只是來不及說。

「我明白。」

說完她就牽著我的手，打開門，牽著我往前走。她的手心真的好溫暖、好柔軟，這麼多年來第一次感受到如此真實的東西，沒錯，除了她誰也給不了。

四周一片靜寂，我們手牽手默默地走著，彎彎曲曲的街道、巷弄，經過了公園、店鋪，穿越好幾座城市，來到了昔日的房屋，原來那幢樓房還在，路過的許多人也還記得我們，我們上樓，位於三樓的房子卻有幾百級階梯，金屬製成的迴旋扶梯只有一個人的寬度，她在前、我隨後，一言不發努力登上那階梯，一級又一級……像要穿透天空似的……

進入那個屋子。仍維持當初我在的模樣，家具、擺設、盆栽，都是我們共同挑選布置的，我曾在那兒住過兩個月，卻像待了一輩子那麼熟悉。屋子每一件物品都撒滿薄薄一層金粉，正在微微發光，桌上有吃了一半的蘋果，喝了三分之二杯的牛奶，抹上花生醬的吐司被咬了一口……

「大家都一直在等妳呢？連蘋果都覺得好寂寞。」

她說。說完之後她擁抱著我，吻了我。

我一碰觸到她柔潤的嘴唇就好慌亂，像當年那樣，原本我們只是朋友，說好了到家裡幫她布置房子等她的愛人來住，忙了三天，不知怎地她突然就吻了我，而我卻無法拒絕，彷彿認識六年以來我所等的就是這一刻，在她一樁一樁戀愛事蹟之後，在看過她無數荒唐、癡迷的行徑之後，我所期盼的就是她來吻我。

她說愛我。

剎那間，在幸福的邊緣，有個念頭像電影字幕一般映在我的腦海。

「別傻了這只是作夢罷了，待會就會醒的。」

對啊！以前也是這樣，我心裡那麼清楚，這一切不合理的情節、跳躍的時空、錯亂的內容，都只是夢而已，只有作夢才可能再看見她，只是夢啊！

我享受著絲線一樣脆弱的快樂，明知道只是夢卻仍希望一直持續。

我對她說：

「慶，這是在作夢喔！怎麼辦呢？以前也常常這樣，每次醒來都好痛苦啊！為什麼會這樣呢？」

她說：

「不要擔心，這次是真的，這就是我所存在的世界。

「只為妳而保留的世界。」

我們做愛，她的身體是我見過最美麗的，每一次的撫摸、輕吻、舔舐，都讓我體驗到前所未有的快樂。

高潮正要遠遠地到來，我的視線卻漸漸模糊，快感像潮水般緩緩退去……光線愈來愈亮。好亮。

我大叫一聲睜開眼睛，養花的男人一臉驚愕站在我面前。

「我就知道！」

沒錯，早就知道是夢了卻無能為力。那麼快樂卻還是要清醒。我們置身於兩個世界。不同的世界。

那時候我突然想到，或許她已經死了？所以才會出現在我的夢中，為的是告訴我她的死訊。不可以，她怎麼能死呢？我還有很多問題沒解決，她不能將我孤零零地扔下，讓我獨自與夢境拔河，不可以！那我要怎麼活下去呢？怎麼去面對一次次睡醒後的無助和痛苦？

那痛苦將不會結束。

莫名的恐懼整個將我包裹，我真的好怕。

「跟我做愛好嗎？讓我知道自己還活著。」

我對養花的男人說。

讓我相信她還活著。一直會活著。

·

我決定在報上刊登尋人啟事。

連續十天，花了我大半的積蓄，在六家報紙刊登極為醒目的廣告。

然而毫無消息。

只來了一通電話，是慶過去的女友。那時如果沒有我的介入，她們或許按計畫到國外結婚了。

女孩約我在咖啡店見面。事實上她已變成明媚動人的少婦了，來的時候還帶著三歲大的小男孩，身上正懷著四個月的身孕。她說自己在四年前結了婚，先生是中學老師，對她非常照顧。

「看到廣告時很吃驚呢！雖然沒有署名只說是養貓的女孩，還是馬上想到是妳。」

她說。其實我們只見過兩次面，第一次是慶帶她來我家借住一夜，說她離家出走……第二次她帶了大包小包的行李開門看見了我們，東西就掉了滿地，而後坐在地上嚎啕大哭。但現在她對我的態度卻像是相交多年的朋友似的。

「對不起，當初是我的錯。」

我說。如果沒有我，事情會不一樣吧！

「說來還要謝謝妳呢！否則現在不知道流落到哪兒去了？當時雖然受了很重的傷，差一點就自殺死了，不過，總之是活了過來，日子也真的過得平靜幸福。

「時常希望慶也可以結婚生子，過正常人的生活喔！」

她淡淡地說。難以想像這是當時性情剛烈，為了愛情不惜絕食割腕毅然離家的那個女孩。她的語氣平靜中透露出無比的堅毅、豁達。

我不知道該說什麼，誰都希望可以好好活下去啊！這就是我花大錢登廣告的目的喔！只是，大部分的時候都事與願違，拚了命努力得腰都快斷了結果只是繞著自己尾巴打轉而已……但是，看見她這樣我總算鬆了一口氣，在某種層面來說是放心了，可惜，關於慶的下落，唯一的線索也斷了。

臨走前她對我說：

「偶爾會想起從前的事，實在很美啊！」

「或許那種事就只有作夢才會有吧！」

「人老是活在夢幻裡也不是辦法，妳說是嗎？」

「人老是活在夢幻裡也不是辦法」，一路上我不斷思索著這句話，說得真是太好了，可惜她不明白，有些夢是想不作也不行的。這就是代價。

更深入地說，或許在我的潛意識中一直不願擺脫夢境的糾纏吧！因為那是和慶聯繫唯一的方式啊！如果真是那樣，可就太精采了。

・

夢境愈來愈頻繁，從一個月、二十天、十五天……愈來愈接近。

起初我害怕，害怕那一再重現的情境，與她相見，相擁，同時又清楚地意識到一切只是虛幻，絕望地快樂著，最後流著淚醒來，我幾次大叫著「我不能再承受了」然而夢境卻更密集地出現。

慢慢地，我開始期待，我發現即使是夢也不要緊，就算把真實的人生整個拋棄也沒關係，因為她正在夢的深處等待著我，那個世界沒有我是不行的，只有當我決心留在那兒事情才會有所進展，我們才能得救。

當我逐漸接受了夢境的安排，心中不再充滿無力感，醒來後也不會哭泣之後，夢開始有了進一步的發展，不再是重複的情節，慶彷彿可以超越時空，完全與我的生活連結。我斷絕一切的交往，拔掉電話線，停下手邊的長篇小說，不再上錄影帶店及花店，除了必要的吃喝拉撒，我將全副心力投注於夢境中。

二月過去，然後是三月、四月……

然後搞不清楚日期。

她說：

「今天是三月四日……」

「今天是三月七日……」

她說：

「明天會下雨，出門要記得帶傘。」

她甚至比我更了解我所處的世界，透過她的描述，逐一地重新認知了我所存在的環境，我過去的生活。她還說了貓的事，有那隻得腹膜炎的白波斯，和陸續離奇失蹤的三隻花貓。我依著她的指示睡醒後一一找到了貓的屍體，仔細埋好。每當我埋葬一隻貓，那貓便活生生地加入我們夢中的生活。

於是我想，那就是死的世界吧！比我的人生更真實、更具體，嚴格說來我睡著時是生活，清醒後反而像在作夢，或者說活著與死亡、睡夢與清醒，其實只是觀看角度不同而已？……我再也無法確定。

但是我情願留在夢中，就算死掉也不要緊，只可惜每次時間到慶就會說：

「時間到了妳該走囉！否則想走也走不了。」

就像八點檔連續劇一樣，時間一到節目就結束誰也沒辦法，不過反正第二天劇情會自動接上，分毫不差。

只能耐心等待，勉強也沒有用。我試過吃安眠藥想在醒後立刻入夢，結果是頭腦一片空白什麼也記不得，第二天還讓慶狠罵了一頓。

只有等待。等她來牽我的手。引我入夢。

•

「真可惜只是在作夢，好不容易和妳在一起了卻都是假的。」

正在吃飯的時候我突然有感而發地說。

她咬了一大口雞腿然後回答：

「反正肯德基的炸雞還是一樣好吃，而且還有外送服務。」

「我是認真的。每次醒來都痛苦得快死掉了。」

我大叫。不過也不得不承認夢中的肯德基小姐服務態度真是沒話說。

「妳一直要這麼想就只好繼續煩惱了。可是我卻一直存在於這個世界喔！自從和妳分開以後就是這樣。」

「那為什麼過去都無法進行呢？總是一再重複，突然間就醒了，反反覆覆的弄得我像怪物一樣。」

「因為妳不相信啊！我只好耐心等待著，整個世界都因此靜止不動呢！妳不相信的事當然是假的，我只能一次又一次反覆出現、暗示又暗示，搞得我好累呀！」

「那現在沒問題了吧！」

「就差一點點了。」

「哪一點？」

「我也不知道哇！我在這邊也很無助喔！如果出了點差錯就前功盡棄了。像現在這樣可是千辛萬苦才得來的。」

「那之前究竟發生了什麼事？不可能無緣無故變成這樣吧！」

「這一點都不重要喔！滿腦子想著這種事那就糟了。」

「重要的是不要迷路。」

「妳是說我想到什麼地方都可以嗎？」

「對，只要妳相信，相信什麼就是什麼……」

慶說。

是這樣嗎？照慶的說法推論下去，到後來我一定可以成為無所不能的超人，那時想和慶在一起多久都沒問題，愛去哪兒就哪兒，再也不用奔波在現實與夢境間錯亂不已，再也不用離開慶的懷抱，回去過我孤寂又無聊的人生了……

「唉呀！糟了。」

我正編織著美好人生的計畫，慶忽然大叫起來。

「糟了！時間超過，妳快回不去了。」

「沒關係，我已經打定主意留下來不回去了。」我說。我可是好不容易才相信這是我要待的地方喔！回不回去都不重要了，那個世界沒有什麼好眷戀的，而這裡有慶，有我的貓，還有肯德基。

「不行啊！妳現在這種狀況留下來會死的，會一點一點乾涸，然後連我都會一起消失的。」

「為什麼？不是說相信什麼就是什麼……」

話沒說完我就醒了，彷彿被人用力從門縫擠出去似的，醒來時全身疼痛得好厲害。

再待下去真是不得了，隱隱地我總覺得有什麼東西不對勁，和慶在一起雖然快樂，但是體內某種力量卻也相對地逐漸喪失，而那正是我一向賴以維生的，某種信念。

不行，必須稍微停下來，我得仔細想清楚。

•

照鏡子的時候嚇了一跳，鏡中的自己和我的認知實在相差太遠，和慶在一起時我理了光頭，但氣色紅潤，顯得很清秀，而鏡子裡卻是個蓬頭垢面的怪物。

我用心梳洗一番，決定上街。我到餐廳痛快地吃了頓飯，沒想到我竟然那麼餓，飯菜的滋味會有那麼香甜，一時間我才明白夢境和現實中最大的差別，那就是飢餓感，在夢中吃飯就像在玩耍，純粹是好玩而已，食物從口中進去，就立刻消失，不但不會餓、也沒有口渴過，而且也不會睏，具體說來是沒有任何痛苦的感受，連痛苦的邊緣都沒有沾到，只是個名詞而已。說到重點了，在夢中的生活，一切感官的敏銳、生理的需求都是模糊的，而且正在逐漸消失！……所以才會那麼快樂嗎？說起快樂，那快樂卻顯得好空洞，像變成另一個人似的，雖然更自由、更輕鬆了，但和我卻沒有實質上的關係……想到這頭就好痛，哎，連頭痛的感覺都令人懷念，我真是奇怪啊！忽然就想念起睡覺作夢的滋味了，當然人在夢中就不可能再作夢了，也不需要睡眠，而且每個人都可以心意相通，連語言都顯得多餘，正確說來那就是天堂生活了吧！不過，現在我卻好想過一下人類的日子，有點愚蠢還喜歡自討苦吃，常常犯錯又很會逃避問題，差勁的人類生活，實在蠻令人懷念的。

正在胡思亂想的時候，不自覺地就來到了被譽為藝文界重鎮的大型書店，以前老覺得那種奢華的裝潢，出入的人都是些自以為是的雅痞，東西又貴得離譜的場所，實在不是我這種無名小卒去的地方，現在卻蠻想再體會一下知識分子的生活，畢竟那些精美的物品過去也滋養了我不少知識啊！

沒想到一進門就看見了我的書。沒錯，是我寫的書，封底還有我根本沒拍過的照片，這是怎麼回事？可沒有人通知過我啊！不是說好七月才出書嗎現在不過才五月？而且那張美輪美奐的沙龍照又是怎麼回事？

我一頭霧水地胡亂走著，心想或許是在恍惚中做了許多事自己都忘了吧！可是再怎麼說人也不會突然變那麼漂亮又那麼自信吧！……走進中庭的咖啡座時才是真的嚇壞了……

布置成圓弧形的桌椅坐滿了各式各樣的人，正中央坐有三女一男都是我認識的，其中一個女孩拿著麥克風正神采飛揚、滔滔不絕地說著話。實不相瞞，正在說話那個就是我。

沒錯，那就是在下本人我。真的完蛋了。

我足足發呆了十分鐘，眼睛不停地看著那個我。太可怕了，她，兩隻耳朵上密密麻麻戴了二十隻金色耳環，也就是我，身上穿著打死我也買不下去的三宅一生，頭髮染成金黃色削得很薄很薄，說話的神情、語調和內容，哎，是我作夢都不會夢到的，那種自信、從容、無聊，還有魅力，一種只有中產階級才會有的虛假的魅力，沒錯，虛假但是有魅力……她實在是徹底把我擊垮了。

這下可好。我再怎麼想回到現實生活也回不來了，這裡已經有人取代了我的位置，而且扮演得比我更成功。

也就是說，這邊已經把我取消了。

我求救似地跑到花店去，男人滿面笑容、親切和藹地對我說：

「小姐，請問想要哪一種花呢？玫瑰還是百合？」

他不認識我了！

太好了，真是太完美太和諧了。

我一心只想死。是的，是該死的時候了，無處可去，也沒什麼好掛慮的，我所想的就是徹底死去，然後完全地，永遠地留在夢中的世界，那是慶為我保留的世界。只要我想去誰也不能阻止，雖然在那兒既不能睡覺也不能寫小說，肚子既不會餓頭也不會痛，充其量只有空洞的快樂而已，不過，至少那裡還留有我的位置，做愛的時候也感受到不尋常的快感，而且有慶，千辛萬苦折騰了十多年不就是想要她嗎？

不是嗎？只要有她就夠了啊！

我跑了十多家西藥房，一共買到一百五十六顆安眠藥和七種鎮定劑，回到家裡就著自來水咕嚕嚕全部吞下肚。

就這樣決定了。誰都不能改變的。死，只有死路一條。這才是我唯一要走的路。

我想我是死了。至少肉體上來說是的，不過身子卻輕鬆極了而且可以飛，我四處飛啊繞的真是愉快極了，早知道死掉這麼好玩，才不會掙扎那麼久呢！

可是飛來飛去就是找不到慶住的地方，而且到處都沒有人，只有一幢一幢歪七扭八的建築物，破爛的捷運，斷裂的高架橋，像廢墟一樣的總統府大樓……

我開始害怕起來，這不是我要去的地方啊！而且其實我不是真的想死，只是想來找慶而已啊！要不是已經有人取代了我的位置，我是很願意再努力地生活下去的，至於對慶的情感其實已不再困擾我，我只是擔心她而已，還有內疚，實在對很多人都感到內疚，不過一內疚起來反而做錯了更多事，真是搞不清楚，幾乎沒有一天不是把頭埋進沙子裡過日子的，滿口仁義道德，真正做到的事差不多算是沒有，傷害過的人卻有一大籮筐……

沒錯，其實我也不想再作夢了，因為這樣也不能解決問題，老實說到底應該到哪兒去找也不明白，不過，我不能再一直逃來逃去、飛來飛去躲來躲去了！

哎，說到重點了，我確實是一直逃來逃去，從慶身邊逃開、又從L身邊跳走，然後是S、M、W、P、O……二十六個英文字母都不夠用，從現實逃進夢中，又從夢裡逃進現實……結果是落得什麼地方都容不下我。

哪裡也去不了。這就是報應。

「答對了！賓果。」

慶說。

我嚇了一跳。她突然出現在我面前。

「還好妳在這兒。我已經無處可去了。」

我說。怎麼會變成這樣的？

「其實妳什麼地方也沒去啊！」

「怎麼會？現在不是和妳在一起嗎？」

「到現在妳還不明白嗎？」

「妳是說無論做什麼都沒用嗎？」

「我是說，逃來逃去還是逃不出妳自己的心。」

「可是，明明是妳一直出現在夢裡，所以我來找妳的啊！是妳帶我進夢裡讓我捨不得回去的嘛！」

「好啊！那妳留下來，永遠都不要回去了。」

「可是……我總感覺這兒不適合我。」

「哪兒都不會適合的啦！誰能要求一切順利如意呢？我也不行啊！」

「所以我才內疚，才一直想找妳啊！」

「可是妳比我更可憐，傷得更重啊！妳根本不知道自己在做什麼？為了等妳，我可付出無比慘痛的代價。」

她說。

「不要再想了。也不要自憐或自責，更不要再找我了。沒有人要那種無聊的東西。那並不是愛不愛的問題。笨蛋。只會做傻事而已。」

「做這麼多只是想讓妳明白一件事。」

「什麼事？」

我說。答案終於要揭曉，真是太累太累了，我幾乎沒有力氣再這麼折磨下去，離開慶那年我才十八歲，自此人生都算是白費了，如果那時沒有逃走現在一定和她過著幸福快樂的日子吧！哎！怎麼可能呢？那時候連覺都睡不好啊！慶那麼愛我，為了我什麼都放棄了，離開了學校，發瘋似地在電動遊樂場賭博、和人賭玩命飛車，為的就是賺很多錢去動手術，而我呢？我連說聲對不起不要去變性吧我會害怕的暑假過完就要去上大學了上大學出國然後嫁人才是我想要的人生喔！……連把實話說出來的勇氣都沒有，只會傻笑，任由慶一個人去努力，差一點把命都拚掉了。每次去銀行存錢心都痛得要死，如果她知道自己摔得一身傷痕賺來的錢根本留不住我，她會發狂的吧！是啊！到後來我還不是跑掉了嗎？還說什麼「不行喔！我是大學生妳連五專都沒念完，而且又不是真正的男人」這種狼心狗肺的話！唉呀，到底怎麼回事呢？真是亂七八糟！

現在可好了，連死都死不乾淨，好不容易才能再和慶一起生活，卻沒辦法安心地留在她的世界。答案終於要揭曉了，無論多殘酷也比不上所帶給別人的傷害吧！更何況，不管答案是什麼都沒救了，困住我的是自己，是我跌進自己創造的陷阱出不來的……

「我是妳的另一個自己，那個被妳苦苦壓抑得扭曲變形的自我。妳以為可以拋棄卻反而被緊緊捆綁著，妳以為可以重新生活卻一再重蹈覆轍……

「妳以為是愛其實是恐懼。

「那樣的自己。」

慶說。

說完，她望著我，捧起我的臉輕輕地吻著我，剎那間我才明白這是訣別的意思，她將永遠地、徹底地離我而去了。

就在我眼前，在我不自覺流下眼淚的時候，她左手握著一把槍，伸進嘴裡，她含著槍對我微笑。

轟隆。轟隆。

轟隆。

把自己炸了粉碎。

她槍決了我的夢。

然後我醒來。

倒在血泊中，我醒來。我看見自己手腕正不斷湧出血來，好真實地疼痛著，我勉強支撐著身體努力往桌邊爬去，好幾次都快支持不住，而我一心一意想爬到桌前，拿起桌上的電話，我要求救，不管是一一〇還是一一九，什麼號碼都好，我要求救。現在我明白了，我一定要活下去。

我要獨自一人，勇敢地活下去。

當我終於舉起話筒時，眼角瞥見了牆上的日曆，上頭的日期是，一九九四年三月十日。

慶的面孔，在日曆紙頁上若隱若現。

若隱若現。

（附錄）

陳雪與寫實主義

紀大偉

陳雪在一九九〇年代初期進入文壇時，她的小說著重妄想流瀉的夢境。在此，妄想（Phantasie）取自佛洛伊德，主要是指亂倫妄想、去勢妄想、撞見父母房事的妄想等等。妄想並非一定真正發生，但對於人心的影響卻不小於真實事件——比如，亂倫事件未必發生過，卻在許多人心中蒙上一層莫名的陰影。對異性戀主流而言，同性戀／雙性戀正好就是異想天開的妄想，卻一直緊跟在異性戀身後，陰魂不散。

在陳雪的第一本小說集《惡女書》中，評論家楊照在序文表示，陳雪的小說不關心社會細節，她所寫的女同性戀者逃避社會真實面；楊照希望陳雪可以回過頭來，好好面對社會。不過，多年之後，現在的評論家大概會提出不同的要求吧？時過境遷，女同性戀的呈現方式多彩多姿，除了文學之外，影劇、社會運動（這些，陳雪也都參與了）等等都讓人看見女同性戀。既然現在已經有許多人在打造寫實版本的女同性戀，陳雪大可以發展她獨特的異想世界——甚至，陳雪不必扛下呈現女同性戀的重任，而可以另寫其他戀。

但是，若以後見之明來看，楊照「當時」的意見也有道理。如果將楊照的讀法放進文學史脈絡，就會發現楊照剛好碰到一個文壇老問題：要「寫實主義」，還是要「現代主義」？

「寫實主義」和「現代主義」的定義繁多，這兩者也不見得對立，但在台灣經驗裡，「寫實主義」和「現代主義」儼然形成對抗陣營：前者親吻土地，擁抱百姓，主張生命比藝術重要；後者遙看雲霓，追求新潮，強調藝術的正當性。類似的二元對立，也在其他文化脈絡出現：比如說，當年王爾德提倡為藝術而藝術，中國三〇年代的京派文學與海派文學之爭。

當年寫實主義和現代主義之戰，似乎塵埃落定。很多人承認，寫實主義和現代主義都可以理直氣壯存在，沒有必要獨尊其中之一。不過，寫實主義和現代主義果真從此平起平坐了嗎？

一九九〇年代興起的同志／酷兒文學（queer literature）新來乍到，又挑動了寫實主義和現代主義之間的緊張關係。有一種否定同志／酷兒的方便方式，就是：「社會不必在乎同志／酷兒，因為同志／酷兒不夠關心社會真實面」——彷彿同志／酷兒成天只想性與愛，而不必擔心民生需求。因為這種邏輯，同志／酷兒曾在各種場合被人質疑存在的正當性；也有人辯解同志／酷兒文學其實也很關心社會，提供了認識世界的另類管道。值得留意的是，這兩種看似相反的立場，其實都在討好寫實主義，彷彿抓住寫實主義才具有存在下去的正當性。這種傾向，曝顯出寫實主義深入人心的柔性霸權。

寫實主義本身並沒錯——錯的是它的獨大地位。在文學，以及在政治的領域裡，我們都不該偏食，都該學習親近「非」寫實。如果只記得寫實、實用的信條，就可能忘記了「願景」。不作夢的政治家不可能擁有寬廣的視野，文學家亦然。

寫實之外，也有別種理想主義。陳雪和寫實主義唱反調，正值得叫好。

二〇〇四感恩節寫於美國加州洛杉磯

INK PUBLISHING 文學叢書 076

蝴蝶

作　　者　陳　雪
總 編 輯　初安民
責任編輯　陳健瑜
美術編輯　黃昶憲
校　　對　孫家琦　陳佳蓉　陳健瑜　陳　雪

發 行 人　張書銘
出　　版　INK 印刻文學生活雜誌出版股份有限公司
新北市中和區建一路 249 號 8 樓
電話：02-22281626
傳真：02-22281598
e-mail：ink.book@msa.hinet.net
網　　址　舒讀網 http：//www.inksudu.com.tw

法律顧問　巨鼎博達法律事務所
施竣中律師
總 代 理　成陽出版股份有限公司
電話：03-3589000（代表號）
傳真：03-3556521
郵政劃撥　19785090 印刻文學生活雜誌出版股份有限公司
印　　刷　海王印刷事業股份有限公司

港澳總經銷　泛華發行代理有限公司
地　　址　香港新界將軍澳工業邨駿昌街 7 號 2 樓
電　　話　(852) 2798 2220
傳　　真　(852) 2796 5471
網　　址　www.gccd.com.hk

出版日期　2005 年 1 月　初版
2024 年 1 月　二版一刷
2024 年 6 月 12 日　二版二刷
ISBN　978-986-387-702-8

定　價　330 元

國家圖書館出版品預行編目資料

蝴蝶／陳雪 著.－－ --二版
. –新北市中和區：INK印刻文學, 2024. 1
面；公分. --（文叢；76）
ISBN 978-986-387-702-8 (平裝)

863.57　112020454

舒讀網